離開，

是為了找我回來

一元 著

這世界還需要多一本工作假期遊記嗎？

當一元告訴我她在寫一本澳洲工作假期的書時，我在腦海出現的第一個問題是：

這個世界還需要多一本關於工作假期的書嗎？

第一本記錄工作假期的華文書《浪蕩澳洲 365 天》，作者剛好也是我的好友，《浪蕩澳洲 365 天》在二〇〇五年出版，已經是十七年前的事了。這十多年裡，每年去工作假期的人越來越多，記錄工作假期的書也在中港台出版了不知多少本。我的印象中，澳洲工作假期大多離不開農場摘水果、餐廳當侍應；一份接一份的工作、一個又一個省遊玩，還有甚麼值得大驚小怪的嗎？再寫一本遊記，又會有甚麼特別？

的確，如果從這個角度看，一元的澳洲工作假期，其實也和大部分人的相似；但如果你細心閱讀，卻會發現她的旅程雖然看似平凡，卻又無比獨特——因為她總能仔細地觀察身邊的人和自己的感受，敏感地捕捉到旅程中不起眼而又重要的部分，這是一份珍貴的能力，寫作如是，生活如是。出發之前的她飽受抑鬱症之苦，也許正因這樣，她總能敏銳地察覺自己和別人的感覺，也能溫柔地作出回應。

在書中，我讀到的不是一個平凡的工作假期故事，而是一場熱血的冒險。初抵埗的一元大概不是個經驗豐富的旅人，會驚訝於青年旅舍的「激烈運動」、又會無端丟失金錢、屢屢求職失敗——但這些對她而言都是旅程的一部分，她把這些驚訝和挫折都變成她前進的能量，並在當中總結出生活的智慧。而她的性格，也為她帶來了一個又一個不同種族、年紀、階層的朋友，這些友誼成就了她的旅程，也成了這本書最精彩的部分。她以樸實真摯的文字，將「最美的風景是人」這句話寫成了一本書。

這幾年，大家的生活都過得不易，面對似乎難以越過的難關，開懷大笑也沒過去那麼容易。然而就如一元在彼邦的經歷，只要可以和身邊的人互相扶持，即使只是圍爐取暖，也能使艱難日子過得容易得多。

共勉之。

林輝
旅遊寫作人

我的旅行者朋友「一元」

幾年前，我徒步旅行，來到日月潭邊的青旅，認識了正在打工換宿的小管家一元和樂雪

因為淡季，沒有其他人住宿，入夜後，我散步走到無人碼頭，她們也剛巧在

天冷，我們呵著氣說話，夜的日月潭恍似原始洪荒世界，落下一滴漣漪，都能發出清晰的聲響

一元和樂雪來自香港中文大學，都想以一支筆，探索及描繪屬於她們的世界

我們在空曠的水邊，聊著關於「我城」的種種，在她們的言語中，隱約感受到某種未來將至的命運，一座城市即將面臨的悲哀

有人說，遇到黑暗不要投降，要等待下一次天空的彩虹，黎明之前，我們以此互相鼓勵

一元和樂雪回港後，並未放棄寫作，樂雪寫了兩本書，《摩伊賴之線》和《無名與無名城》，且結了婚，一元仍選擇一個人的浪漫

因為人生只有一次，無論自己決定還是讓別人決定，都只有一次

追蹤一元的臉書，看她在越南被偷手機後，數天緊追不捨，坐在胖警察機車後座，以手機定位，追尋扒手所在的幹勁

然後，熱情逐漸轉為成熟，一元繼續旅行，也自我成長，來到澳洲的她，初抵達就丟了一千五百元，這次她卻坦然接受現實，可見一元長大了

一元沒有被丟錢，歧視，爭奪草莓等挫折打倒，正好相反，她變成傾聽故事的人，澳洲一年的心靈之旅，是上班族可能永遠沒法得到的體驗

一元走出了第一步，即使世界並沒有百分之百安全，一元選擇完全相信

作為徒步旅行的過來人，我佩服她能寫出這本書，也很高興為之序

李友中

作家、齒列矯正專科醫師

與一元一起經歷一段突破人生之旅

我本來不認識一元，是經過舊同學的介紹，希望我能為她的新書寫一篇序言。通常寫序言都是一些有份量的人物、出名的作家、敬重的長輩老師等，但我完全不合資格，況且，很少人會找一個陌生人寫序言，所以本來我是婉拒的。雖然我也算是一個小作家、一個心靈工作者，但在坊間的知名度太低，沒有份量為人寫序，免得成為一元作品的負資產。後來，舊同學盛意拳拳的推薦，我就本著認識一個陌生朋友的態度，大膽答應這任務。坦白地說，我很少看抒情傳記，收到稿件有八萬字，真吃一驚，怎樣抽到時間讀完呢？總不能囫圇吞棗的跳讀交差，這不是我做人的風格……當我開始拜讀了幾頁，已經被它吸引著，結果我是「兩口氣」把它看完。

一個患上憂鬱症的女子，在二十九歲的時候，為要與自己「來一場心靈對話，重新認識自己」而經歷上一年的工作假期，去到一個人生路不熟的地方——澳洲，展開這一個驚險、溫馨又曲折的旅程。

為了不多作劇透，使大家失去閱讀的驚喜，我不打算在這裡透露內容。但我可以説的是，每一個片段都是人生的一個功課！上帝帶領一元一課一課的經歷，讓她能真正認識自己，突破了過去對自己、對別人的刻板印象，看見一個脱離世俗的新世界！

曾經聽過一句説話：「人在關係中找到自己的存在價值。」一元在這段旅程中，在好人與壞人中的周旋，被欺凌與被關愛的關係中找到自己存在的價值，也找到人生的方向。難得看見一個小女子，遇到種種困難仍堅持不肯放棄的倔強，更不能想像這是一個憂鬱症患者的經歷。可能，人生就是需要這一種倔強才能突破自己的限制，一元做到了！

最後，我想説，這本書是作者真情告白的難得作品，作者沒有在文字玩弄花俏，她以平易近人的筆法，就像與友人攀談一樣與我們剖白。藉著這書，我認識了一元，也感謝她與我分享她人生精彩的旅程，我也跟著她上了人生寶貴的一課。謝謝妳！

我還想加上一句，若這書是某個知名的才女寫的、或某個網紅的作品，這一定是一紙風行，暢銷的讀物。我向大家推薦這書，不要因作者是一個還未成名的旅遊博客而錯過她！將來，你會發現一元的才華，她可能是一位明日之星，這書是她成為才女的第一本作品！

鄒賢程

《美滿人生方程式》作者、心靈工作者

自序

人生第一本書，我選擇煮一鍋心靈雞湯。

前前後後熬製了六年，中途倒掉過，重選材料，加入真誠、堅持、感恩調味。喝一口，咀嚼軟硬交錯的生命質感，品嘗苦中帶甜的人生味道，進補滋養心靈。

全書以地區為主軸，依時序記述，承載生命互動的故事。一篇篇順序讀，體會打工度假生活的張力，享受生命碰撞的火花，見證心靈成長的改變。隨便抽來讀也可，當作勵志小品，調劑心情，別有一番滋味。「一元贈言」是我的內省心得，但願成為你失意、無助、惆悵、迷失、憂傷時的慰藉。簡單一兩句話，或許能找回失去的勇氣，得到走下去的力量。

寫書是一場重新面對自己的修養。用真摯的文字記錄一年內心的對話，每個字都有溫度，也在說故事。在出書要迎合市場需要的大環境下，我堅持忠於自己，寫自己想寫的故事。

在此衷心感謝林輝先生、李友中先生和鄒賢程先生在百忙中撥冗閱讀和寫序！三位均二話不說便答應邀請，用心書寫，真摯情感流於字裏行間，使我不勝感激。承蒙三位誠意推薦，令此書生色不少。

疫情下，喝點心靈雞湯，路就好走多了。各位，請慢用！

目錄

第一章：一個離開的理由

一個樣子，一看就一目了然。一顆心，或許要花一輩子來摸透。如果連自己都摸不著頭腦，教人從何入手。人生匆匆數十年，離開須臾，把越走越遠、越看越模糊的自己找回來，不為過也。

離開，是為了找回自己

「為什麼你要去澳洲打工度假呢？」每個人的離開，都會給自己一個理由。想休息一下？逃避現實？看看世界？生活太苦悶？我選擇在臨近三十歲離開香港，離開穩定的工作，離開家人朋友，原因只有一個：來一場心靈對話，重新認識自己。

二〇一四年，我患上焦慮抑鬱症，徘徊自殺邊緣時主動求醫，並約見社工輔導。治療期間，饑不擇食地看了很多關於情緒病的書，了解到不同人得到情緒病的原因，也為他們走出陰霾而鼓舞。但是，兩位同事在辦公大樓一躍而下，卻令我明白人的心靈是脆弱的，沒有人能預測自己最軟弱時會做什麼。而大學老師因癌症英年早逝，使我意識到意外或疾病隨時會把一個人的生命在芳華正茂時奪走。生命短暫，亦無常。如果在死亡前，仍迷迷糊糊度過一生，你願意嗎？死亡並不可怕，可怕的是死前沒有活出自己想要的人生。一次柬埔寨的服務團，我問學生：「你覺得你是一個怎樣的人？」那句話就像回力刀反刺進我的心坎，令我動彈不得、啞口無言。此後，我開始反省自己，腦海裡陸續浮現很多問題：我是一個怎樣的人？我的長處是什麼？我將來想在哪個行業發展……那一刻，我才發現自己是那麼陌生。

人生在接近三十而立的關頭，也許很多人認為是時候要成家立室，專心在某個行業安安穩穩地發展。如果大家已經找到人生方向的掌舵，知道前路的去向，我會由衷地獻上祝福。然而，我仍在人生路上徘徊、浮沉，摸不著方向。一直以來，我都是走著社會為我預設的道路：讀書是為了找一份穩定的工作，工作是為了賺錢，賺錢是為了將來買房子、結婚、養兒育女、供養父母，然後忙忙碌碌度過一生。無疑，這是很多人正在走的路，也是一條最穩妥的人生道路。可是，我是不是可以有其他選擇呢？這是我想走的路嗎？我沒有答案，但是我選擇了停一停，暫時離開這條一直走著的路。

年紀越大，顧慮越多，要做決定越難，要離開熟悉的地方一段長時間便需要更大的勇氣。當我告訴家人和朋友打工度假的事後，媽媽十分反對。她無法理解我好好地在大學有一份安穩的工作，每個月有穩定的收入，卻離鄉別井跑去澳洲，要租房子又要找工作，加上林林總總的開支，既賺不了錢，且浪費時間。有同事則開玩笑說我又不是十八廿二，這把年紀才去澳洲摘草莓，恐怕會暈倒。雖然要面對四方八面的反對聲音，但我很清楚自己出走澳洲的原因。有些事不需要得到全部人的支持，只需要向自己交代。有時走不一樣的路，離開自己的舒適圈，願意放棄，方能收穫更多。如果繼續待在這份工作，再過幾年，我相信我只會更安於現狀，失去探索自己的動力，更習慣生活在熟悉的舒適圈內。那麼我只會每天埋怨枯燥的生活，哀悼逝去的青春，逃避現實的世界。生命的長短並不是重點，怎樣在生死之間活出自己想要的人生才是最重要的！

有些人在突如其來的警醒下會做一些一輩子不會做的事情，我就是在麻木的工作中突然問自己：我在做什麼？很多東西已經錯過了，難道還要繼續怠慢自己的人生嗎？我要找回自己，活出屬於自己的人生路！什麼功名利祿、高薪厚職、明爭暗鬥於我而言，只是世俗的慾望而已。我毋須走別人的路，毋須顧及別人的眼光，我有權擁有自己喜歡的生活。任性、反叛、固執、衝動、天真、幼稚等，我是承認的。不過，正正因為這些性格，我才不會隨波逐流，才有勇氣做一些別人不會做的事，才會思考自己的人生，才會嘗試踏出我的舒適圈，才會追求我想要的人生！

一年，只不過是經歷了一場花開花落，形同過眼雲煙。離開一年，在澳洲尋找迷惘的自己，不代表一定能認清自己。但是，待在一個自己熟悉的地方，身邊的朋友、環境、生活已經定型了，一些想法還是會按照舊有的方式思考，難以突破，日子久了，只會慢慢地馴服於現實世界。離開香港到一個陌生的環境生活，接受外來事物的衝擊，起碼是給自己一個希望、一個改變的機會。二〇一五年九月八日，一個只是寫在日曆上的日期，對別人來說是恒常工作的一天，卻是我為活出自己而踏上「征途」的第一天。現在我回來了，找回迷失的故我，重新認識了自己，更勇敢展開第二人生。一趟打工度假，一段段生命碰撞而泛起漣漪的故事，一場場攪拌心靈的對話，滋養了一顆新的生命種子，成為我三十歲最珍貴的禮物。

【溫馨提示】

如果你也想用打工度假來找回自己，不妨在出發前回答自己以下問題：

1．為什麼要去打工度假？
2．你想帶什麼回來？
3．你至少會在當地逗留多久？
4．你願意一個人去嗎？
5．你可以承受的壓力底線是多少（如失業多久／溝通問題／經濟困難等）？

一元贈言：

懂得問自己問題，就是認識自己的開始。

2016年攝於格蘭坪國家公園（Grampian National Park）。

第二章：一年尋找自己的故事

一年遇到的人與事，甜酸苦辣交替，編織成一段刻骨銘心的生命樂章。遇見似曾相識的自己，拾回遺失在某個角落的溫度；邂逅若如初見的自己，咀嚼幾道陌生而耐人尋味的風景。此起彼伏、拼湊時空的碎片，烙印成一輩子心動的回憶。

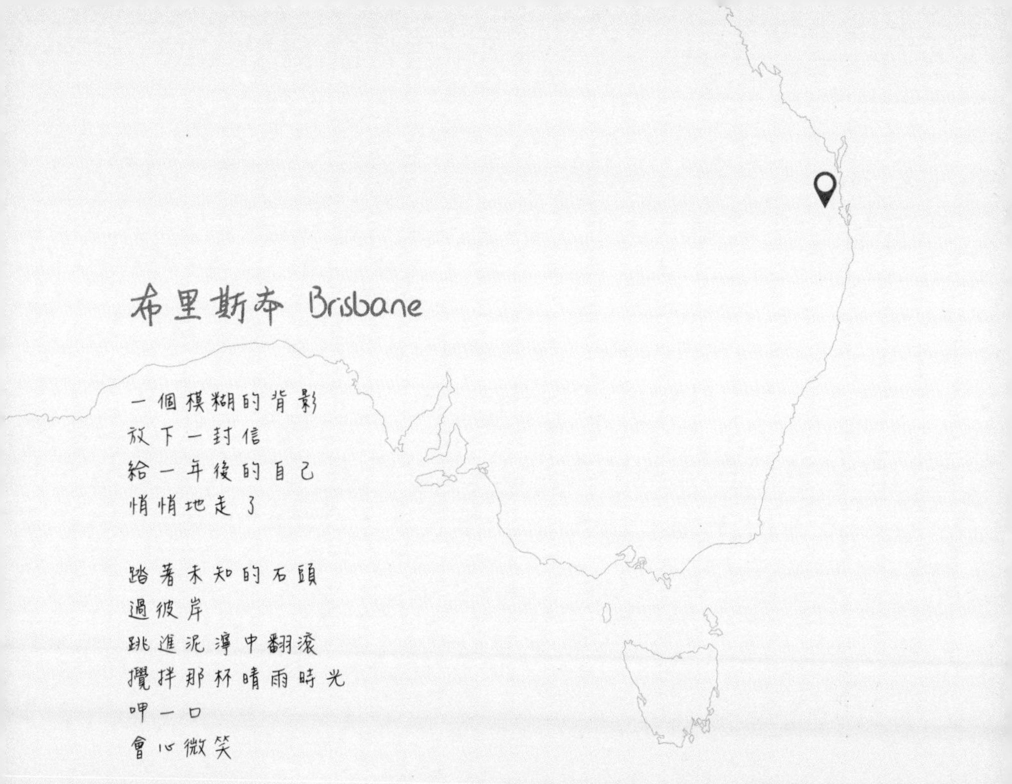

布里斯本 Brisbane

一個模糊的背影
放下一封信
給一年後的自己
悄悄地走了

踏著未知的石頭
過彼岸
跳進泥濘中翻滾
攪拌那杯晴雨時光
呷一口
會心微笑

失去擁抱的勇氣

臨離開香港前，我寫了一封信給一年後的自己，問自己一年後的改變。我把信放進抽屜裡，便拉著行李箱，帶著尋找自己的勇氣向澳洲出發。

本來想獨自去機場，但是中學好朋友阿紅想到一別就是一年，便和媽媽陪我一起去機場。等一切就緒準備進去安檢時，只見媽媽雙眼通紅。我刻意避開她的眼神，怕她落淚，便轉身和阿紅擁抱道別。轉過頭來，她已經淚流滿面了。那可憐兮兮的樣子，不說還以為女兒一去不返呢！頓時心口被一塊大石壓著，重得透不過氣來，唯有假裝瀟灑地說：「我只是去一年而已，又不是不回來，你不要哭了！」她凝望著我，繼續哭。一邊哭一邊唸：「你一個人要小心，不要去危險的地方，沒什麼事就提早回來吧！記得要打電話回來……」聽著聽著，心裡酸溜溜的。

為了留個紀念，著阿紅幫我們合照。那時候，媽媽搭著我的肩膀，眼睛還是水汪汪的。我怕再不進去就會耽誤航班，於是背起背包，跟她們說了聲拜拜就轉身朝著安檢閘口走了。分開時，心裡猶豫著要不要跟媽媽擁抱，但是最後還是忍住了。不知道為什麼和朋友擁抱那麼容易，和家人擁抱卻那麼困難。媽媽一直在背後叫著我的名字，我硬著心腸，頭也不回逕直走到安檢區域。直到沒有再聽到她的聲音時，雙眼已經模糊到看不到前方了。那時候，不捨的眼淚，就默默地掉下了。

從小到大，無論發生什麼事我都不會在父母面前流淚。一來不想他們擔心，二來不想表現自己軟弱的一面。不知不覺，淚水習慣了只在我獨處的時候才會輕輕落下。離別時，流淚與家人擁抱似乎是人之常情。然而，我卻很難為情。還沒擁抱，媽媽已經淚如泉湧了，實在不敢想像擁抱後，她會哭成怎樣，而我會泣不成聲嗎？一個擁抱對別人來說輕而易舉，對我來說卻如千斤重。有些話，越親的人越難以啟齒；有些身體接觸，越親的人越難做到。

那一天，我明白了雖然自己擁有踏出舒適圈的勇氣，卻連擁抱親人的勇氣也沒有。原來，一顆堅強的心已經不知不覺在成長的歲月裡吞噬了小女孩對家人的依靠，漸漸地築起一道觀望的牆，無法再輕易地親近。這些年來，習慣了獨立處理事情，遇到困難也不會向家人求助。久而久之，我已經失去了撒嬌的本領，也失去了走近媽媽的勇氣。有時外表越堅強，內心卻越脆弱。其實，軟弱不是罪，每個人都會有軟弱的時候，承認軟弱比隱藏它更需要勇氣。沒想到我偽裝的堅強面具已經趕走了與家人的親密機會，連擁抱都失去勇氣。或許偶爾我也要卸下「女強人」的盔甲，變回小女孩，躺進媽媽的懷抱，做一個接受自己軟弱的人。

一元贈言：

有些話現在不說可能一輩子都沒機會再說，不要吝嗇把擁抱留給最親的人。

媽媽送我到香港機場。

一夜情真人騷

打工度假的第一站是布里斯本。那是一個恬靜溫柔、清新怡人的城市，比墨爾本、悉尼少了一點喧囂，多了一份閒適，適合我喜歡遠離人煙的性格。住在那裡短短兩個月，卻好像經歷了很多事情，時間也過得特別慢。

我選擇乘搭口碑不錯的新加坡航空，特意安排在新加坡中轉，下飛機拉筋走走，再飛六個小時便抵達布里斯本機場了。第一天踏足大洋洲的土地，期待著新環境的火花，也為未知的道路而緊張。沒想到，打工度假的第一晚就收到一份驚人的見面禮——同房在房間上演一夜情真人騷。

在布里斯本的第一個星期，我訂了一家青年旅舍的六人間。第一天進房，裡面只住了一個也是來打工度假的加拿大女生。晚上，旅舍和隔壁的旅舍合辦免費薄餅聚會。本來坐了十幾個小時飛機，第一天到埗想休息一下，但想到自己在澳洲沒有朋友，說不定在聚會裡可以認識一些新朋友，就與同房報名去參加聚會了。

晚上參加者在旅舍大堂集合後，便跟著大隊去到隔壁旅舍的酒吧。一進去，燈光昏暗，四五十個年輕男女分散在不同角落喝酒聊天。環視四周，乍見一個亞洲臉孔的女生坐在桌球檯旁邊，其他都是外國人。我和同房瞧到紅酒一杯才五澳幣，便各自點了一杯，找到空位就坐下來了，那個亞洲女生就坐在我旁邊。看她獨自玩手機有點悶，就跟她搭訕聊一下。原來她才十九歲，還在韓國讀大學，年紀輕輕就獨自跑來澳洲過「空檔年」（Gap Year），勇氣可嘉！聊了一會兒，回過頭來，同房正跟旁邊一個男生聊得眉飛色舞。後來我也加入他們的話題，才知道那個男生也是加拿大人，在旅館打工換宿。同房點第二杯紅酒時，我怕喝醉，就點了一杯橙汁，相信全場只有我一個要喝橙汁吧！看來外國的旅舍都喜歡搞聯誼活動，和陌生人聊天好像是他們與生俱來的本領，而我真心期待的薄餅只是一個配角而已。

晚上十點左右，我的眼皮像鉛一樣沉重，不由自主地半開半合，畢竟坐了長途機，第一天到埗精神有點疲累。同房和那個男生正聊得興高采烈，我就先跟她道別。韓國女生不想獨自留在那裡也和我一起先回旅舍了。

不知道是不是時差的關係，躺在床上良久卻睡不著。直到凌晨一點多，房門「呀呀」開了，加拿大女生回來了。不過，後面緊隨著另外一個腳步聲。我心感不妙：不是吧？她帶那個男生回來！就在我期待他快點離開時，兩人就開始竊竊私語了。他們一直「嘶嘶沙沙」，似乎在討論什麼，十分吵耳。我不禁胡思亂想：你們不會打算在這裡「搞」吧？

說時遲那時快，不消五分鐘真人騷就在我的房間上演了！房間只有我們三個，雖然燈關了，但是要看還是可以看到的。我的近視接近一千度，要欣賞這齣「好戲」應該要戴上眼鏡才能一睹他們的「丰采」。不過，我不敢張開眼睛，全身動也不敢動，怕翻身會發出「依依」聲，被他們發現我還醒著就尷尬了。我把眼睛緊閉，就像大力地黏上漿糊般，不漏一絲空隙。明明房間我有份，卻像一隻過街老鼠想找個洞躲起來，只希望他們快點完事讓我可以安靜地睡個好覺。

第一天到澳洲就收到這份「見面禮」，是幸運還是倒楣呢？那邊廂此起彼伏的呼吸聲縈繞耳畔，這邊廂我又難以置信這種事情竟然發生在自己身上。一直想不通為什麼他們可以旁若無人，難道沒有看到我躺在床上嗎？就算知道我睡著了，也不會那麼任意妄為吧！他們不會害羞嗎？那種又尷尬又被逼聽著對面床的「咿咿呀呀」聲，真的是把性開放的文化發揮得淋漓盡致。

那一晚，我多麼想時間過得快一點。可惜，事與願違，每一秒都是一種煎熬。後來聽得有點不耐煩，心中開始破口大罵：你們真精打細算！這間房我有付費的，在

「搞」之前是不是該徵求我的同意呢？怎麼可以漠視我的存在？連開房的錢都省，真沒人性！

整個過程，我也不知道過了多久，只知道他們做多久，我就屏住呼吸多久。人生第一次遇到這種事，對我來說需要一點時間消化。雖然隨著他們停止講話，真人騷也宣告落幕。但是，那些此起彼伏的呼吸聲和身體碰撞的環迴立體聲仍停留在靜謐的空氣中，揮之不去。那一夜，我被嚇倒了，徹夜難眠。

同房隔兩天就離開布里斯本，男生就繼續留在旅館。一夜情本來就是為了滿足當下的慾望，沒有關係，何來責任？他們一夜情後的那個早上，我在公用廁所刷牙時，聽到後面的廁格傳出有節奏感的喘氣聲和「嘭嘭」聲，心想：又有人在背後「幹活」了。有些事情習慣了就好，聽著熟悉的背景音樂，我繼續默默地刷牙。

第一天在異地就收到這份見面禮實在有點吃不消。常聽說西方人對性比較開放，什麼3P、性派對、交換性伴侶都是司空見慣的事。然而性行為這種私密的房事卻赤裸裸地在陌生人面前進行，這是否已經進化到另一個境界呢？

《孟子・告子上》曰：「食、色，性也。」誠然，性愛是人基本的需要。香港很少人會在公眾場合討論性愛話題，連學校的性教育也是被忽略的一環。一句「不要吃虧給別人啊！」就像涵蓋所有的性知識，要自己心領神會。現代社會風氣越來越開放，有愛才有性似乎不再是必然的，有些人把性變成隨時隨地享樂的玩意。像同房那樣剛認識一個男生幾個小時就來一場一夜情，自問是做不到的。被嚇倒的不是一夜情這回事，而是他們為了即時享樂，居然妄顧我的存在，更遑論顧及我的感受，連基本的尊重也沒有。那一刻，性凌駕一切，使人失去理性，真的大開眼界！

自從畢業以後，心思都放在工作上，完全沒有把愛情放在眼內，也沒有打算找另一半。這次的近距離「體驗」逼我面對現實，是時候重新了解自己的性愛觀了。在華人社會，性愛是一種隱私，要把它攤出來講令人難以啟齒。為了避免氣氛尷尬，大家都會隻字不提，但不說不代表它不存在。現今的速食世代，伴侶如衣服，不合則換。有些人把性看得很隨便，享受當下就好，也不用顧後果。性只是一種慾望，不必賦予太多意義。社會上被壓抑的不是性，而是愛。人們害怕付出愛，不知道如何愛人，不以愛的方式來解決問題等，使人與人之間缺乏愛的基礎，愛一個人似乎更需要勇氣。而我，卻依然把性和愛放在同一個天秤上，缺一不可。不管世代變化如何，有些原則還是要自己堅守，隨波逐流也要看自己可承受的能力。世界上很多東西可以試玩，唯獨愛情和性愛並不是每個人都玩得起。玩不起的人，就不要冒險了，否則傷害的永遠是自己，也可能成為一輩子的陰影。一夜情只是追求短暫的快樂，然後呢？本來就沒有然後。在做任何決定前，最重要問自己一句：你的底線在哪裡？那就沒什麼好後悔了！

人們總喜歡對其他人的行為加以批判，誰睡了幾個男人就是水性楊花，誰到處約炮就是賤男……其實每個人都有自己的性愛觀，沒有對錯，只是不同人有不同的接受程度而已。一夜情也好，交換性伴侶也好，都是個人選擇，只要後果自負，也輪不到別人說三道四。

性本來是美好的事，卻成為華人社會的禁忌。多虧第一晚收到這份見面禮，我不再害羞討論性話題。第一天抵達澳洲就在驚嚇中度過，現在回想起來暗笑自己沒見過大場面，或許外國人已經把這種事情當作家常便飯。離開熟悉的地方，更切身感受到文化衝擊的威力，從而觸碰到自己深處的想法，看到另一個我。

一元贈言：

做一場愛只需要一瞬間的激情，
談一場戀愛卻是一輩子的學問。

一千五百元澳幣去哪兒？

去澳洲一年要帶多少錢應付開支呢？這個問題就交給一個曾經去過澳洲打工度假的朋友解答了。她覺得為了避免行乞街頭，還是多帶點盤川比較好。當我滿心歡喜帶著七千元澳幣（約三萬八千港元）到澳洲逍遙過活時，其中一千五百元竟然在到埗後不翼而飛。沒想到這堂「學費」也交得太快了吧！

第一天到布里斯本市中心要存錢時已經四點多，大部分銀行都關了，只剩一家。雖然不是我本來打算用的那家，但不想帶著太多現金在身上，就先把一半錢存進去。第三天，我就拿著兩個小錢包，走到另一家銀行去把剩下的錢存款。坐在椅子上一會兒，職員看到我是華人，就把我帶到華人客服櫃檯。

我一坐下來，馬上說：「請幫我存三千五百元澳幣到這個戶口。」

隨即把一堆紙幣塞給他，自己都懶得先數一次。職員接過後，就慢條斯理地數錢。他一邊數，我心中也跟著他數，只是看上去感覺不夠三千五百元。

他數完後，抬頭看著我說：「你還有錢沒給我嗎？這裡不夠三千五百元。」

我馬上翻看兩個錢包，裡面空空如也。再掃視剛才坐的椅子附近，地下一張紙幣也沒有，完全不明所以怎麼會少了錢。

我無奈地說：「我全部給你了，那這裡有多少錢呢？」

職員迅速回答：「二千元。」

我的心一沉：「一千五百元不見了？怎麼會不見那麼多錢？太不可思議了吧！」

我左思右想，也想不起為何這筆錢不翼而飛，為了不耽誤太多時間，只好請職員先存那二千元。

離開銀行後，走到附近的公園坐下來，按捺自責的情緒，慢慢梳理事情的經過。

我只在剛到達的第一天在房間數過錢，然後放了部分錢到日常用的錢包，其他則分開兩個小錢包存放，全部跟身。如果是十幾張紙幣掉在地上，我應該聽到聲音吧！

其中一個可能就是第一晚在隔壁旅舍薄餅聚會時，隨手把手袋亂扔在桌下，離開座位也沒有看管好，成為小偷下手的好機會。另一個可能是第二天在廚房煮午餐時，拿出錢包取押金借碗碟後，隨手把錢包放在廚房的餐桌上，隔了起碼半小時才記得拿回錢包，或許被人拿了錢也說不定。想到這，只好怪自己太大意，不見錢也活該了。

由於接著要去聽 Brisbane Festival 文化節的義工簡介會，就只好先把事情拋諸腦後，等回旅舍再重新翻一遍行李箱，看會不會有漏網之錢在裡面吧！下午簡介會後，晚上馬上開始做義工了。第一次在外國做義工，完全沒有把不見錢的事放在心上。

直到十一點多回到旅舍後，抱著最後的希望尋找那筆「鉅款」。我先把行李箱的東西全部倒出來，仔細檢查一遍，再把錢包的紙幣數一遍，最後還是不見那一千五百元的蹤影。苦思良久卻想不起那筆錢去哪兒，坐在床上冷靜一下。錢不見了也沒辦法，既然已成事實，那就只好接受。以後小心一點就好了！這筆錢對我來說也不是小數目，本來打算先玩一個月，現在變成要開始找工作，不能再燒錢度日了。

隔天跟旅舍職員聊天時，提到自己不見了一千五百元的事，自嘲自己大意把錢包隨意放在廚房和隔壁旅舍。他瞪大了眼睛，叫了一聲：「One thousand and five hundred!」

頓時把我嚇倒。看來我是他見過弄丟最大筆錢的客人吧！隨後他說可以幫我翻查當天廚房的閉路電視，再請隔壁旅舍的前臺幫忙看酒吧的錄影。我還在猶豫著會不會很麻煩時，他已經疾步如飛地幫我看監控了。一會兒後，他面帶失望地說：「我看了錄像，沒有人動過你放在餐桌上的錢包，而隔壁旅舍的酒吧監控也顯示你的隨身包是原封不動的。」等待結果時，曾有一絲希望會找到「兇手」。不過，得知結果時也沒有失望，畢竟已經接受了不見錢的事實。倒是職員替我不值，特意拿出幾盒影碟，讓我選一套喜歡的電影在晚上放映，以彌補我的損失。看到他那惋惜的樣子，令我哭笑不得，便選了一套笑劇。

還記得十年前，剛到倫敦幾天就被人在巴士上偷了一部新相機。回到宿舍後，躲到房間哭了一個晚上，連飯都吃不下，一直責怪自己粗心大意，鬱鬱寡歡了幾天才能接受那個事實。沒想到十年後，我再次用錢買教訓，只是這次吃得飽睡得好，還有心情跑去做義工。這就是成長的寫照嗎？什麼時候開始，金錢在我心中的價值只剩下一個數字的軀殼了？

或許很多人不見那麼大筆錢會很心痛，一直怪責自己不小心，甚至茶飯不思。但是，當我發現不見錢時，沒有特別慌張，倒是很冷靜地分析在哪裡不見錢、找回來的可能性。不是我不看重遺失了的錢，只是如果一直耿耿於懷，不但會浪費時間，而且會錯失更多美好的事情。既然事情已經發生了，一千五百元也不會因為你的愁苦而跑回來找你，可以做的都做了，再糾結也是徒勞無功。無謂的執著只會徒增痛苦，何不盡快收拾心情，把事情拋諸腦後，繼續前行呢？那就當作用錢買教訓吧！只是這個教訓比較有重量而已。

錢財身外物，不見了可以再賺回來，性命失去了就真的失去一切了。不見錢有什麼大不了？我來澳洲是為了找回自己，如果因為不見了錢而終日悶悶不樂，不是本末倒置了嗎？與其花時間為過去的事而苦惱，不如把時間和心力放在反省自己的不足吧！人會隨著年紀的增長和遭遇的事情，學會成長。當下覺得很重要的事，將來回想時可能覺得不外如是，只是人當下把事情的嚴重性無限擴大而已。

同一件事，你可以選擇把自己埋在死胡同裡，也可以選擇安然面對。如果只著重眼前，或許已經錯過無數美好的風景。

不見了一千五百元澳幣，卻找回一顆淡然處事的平常心，這不是一種福氣嗎？

一元贈言：

成長是要交學費的，眼前的不幸只是其中一門課程而已。

及時行「義」

有人說過，人生就是因為有許多第一次拼湊在一起才會精彩。我在布里斯本嘗試了很多第一次，而最令我難以忘懷的，就是第一次在外國當義工。

出發前，當我還在猶豫澳洲第一站落腳哪裡時，無意中看到九月布里斯本有一個 Brisbane Festival，為時一個月，是當地一年一度的文化藝術盛事。網站上有招聘義工，不限國籍。這種機會千載難逢，不假思索便馬上填申請表了。就算最後沒有選中我，去參加一下外國的藝術活動也不錯，畢竟我也是熱愛文化表演的人。因此，布里斯本就這樣成為我打工度假的第一站了。

沒想到幸運之神居然降臨在我身上，活動負責人 Zac 電郵通知我獲選，而且要參加義工簡介會。他得悉我飛抵澳洲當天已經趕不上簡介會，就另外安排時間給我。去簡介會之前，我去銀行存錢發現不見了一千五百元澳幣，本來應該馬上回旅舍尋找一下，只是期待已久的義工活動更加重要，便直接趕去 Zac 的辦公室。Zac 從辦公室面帶笑容走出來，看上去有一米八高，金啡色的頭髮長及肩膀，拿著檔案夾走起來帶點藝術氣質。他怕我聽不懂，特意在介紹工作內容和活動背景時說慢一點，十分體貼。聽到整個文化節有舞臺劇、音樂會、歌舞表演、馬戲團、視覺藝術、工作坊等，包羅萬有，不禁興奮起來。能在打工度假的開始協助這麼大型的活動，實在與有榮焉。

他把義工手冊和T恤交給我後，就安排我負責協助其中兩個活動，而最刺激的就是當晚就要開展第一個任務：在立體畫展區「Chalk Walk」維持秩序。那是一名畫家在地下用粉筆描繪了一架螺旋槳飛機在天空飛翔的３Ｄ畫，差不多兩米乘兩米大。飛機椅子空著，只要坐在上面，從高處的指定拍照處俯瞰就可以看到３Ｄ效果，就像駕駛飛機似的。大會安排了拍照點給參加者和粉筆畫合照，我就在旁邊維持秩序。晚上排隊等拍照的人越來越多，看到人們在下面天馬行空地各施奇技，做出搞笑動作，與３Ｄ畫配合得天衣無縫，我們幾個義工都合不攏嘴。有時候沒有人幫參加者拍照時，我和另外兩個義工就輪流替他們拍照，看到別人快樂，自己也會快樂。能服務人是一種福氣，畢竟並不是每個人都有機會服務別人的。活動結束時，我也貪玩跑去「開飛機」，並請其中一個義工幫我拍照留念。那一晚，我就像回到小孩的時候，盡興而回。

在外國做義工的其中一個好處是有機會認識當地人，了解他們的真實生活。其中一位女義工在政府部門工作，她覺得政府工不是大家想像中般悠閒，偶爾還要加班，哪有外界所想那種等退休的生活？香港人工作壓力大，加班是家常便飯，總羨慕外國的工作環境。當我們以為澳洲人工作輕鬆時，原來現實和想像還是有一點距離。她的語氣背後，淡淡地散發出一種無奈的壓力。人都是看別人好，看自己不好。只有真正在其位，才能明白箇中滋味。晚上回到旅舍，才想起要尋找一千五百元澳幣的足跡，不禁笑自己：為什麼你不見錢還可以有心情跑去當義工呢？或許我就是那種一旦做自己喜歡的事，就會全情投入，進入忘我境界的人吧！

常言道：「施比受更有福」。在Brisbane Festival做了兩次義工，付出了私人時間，卻能以義工的角色參與布里斯本的文化盛事，機會難得。短暫的義工活動稱不上幫了什麼大忙，但總算為我的打工度假敲響了一段另類的前奏，並感受到澳洲人對文化藝術的熱誠投入，夫復何求？兩個月後，我已經搬到黃金海岸了。一天，Zac問我要不要做電影節「Brisbane Asia Pacific Film Festival」的義工。雖然車程遙遠，但是想到助人為快樂之本，二話不說就答應了。相比打工，我更喜歡當義工。純粹的付出，不求回報，樂在其中。

一般人打工度假一開始要不先找工作，要不先旅遊一段時間，而我則選擇由做義工掀開序幕。自從出來社會工作後，生活總是忙忙碌碌，有時間寧願睡覺，哪有閒情逸致去做義工呢？可是，既然千里迢迢跑來澳洲，不是該做點不一樣的事情嗎？香港是一個物質富裕的社會，大部分人不愁吃不愁穿，比世界上許多角落的人幸福得多。一直以來，心裡記掛著要服務社會上有需要的人，只是習慣把義務的事放在最後，然後就不了了之。人總喜歡給藉口自己，無利可圖的事更是永遠排到最後。如果什麼事都要等到退休才做，那退休後也太忙了吧！世界上有很多事不應只向錢看，心靈的富足才更有價值。把錢放得越低，或許會得到更多。打工度假的第一步就是要做自己，而我也做到了。

兩個主辦單位為了答謝義工的協助，送了一些表演節目和電影的門票給我。沒想到做義工還會收到「禮物」，拿在手上那刻簡直是喜上眉梢！這就是好心有好報吧！我得到兩張「Prize Fighter」的話劇門票，邀請了旅舍認識的日本朋友Aya一起去看，那就成為兩個背包客在異國看話劇的共同回憶了。

今天，當我坐在床上凝望長方盒中殘舊的門票，紙上的墨跡若隱若現，褪色的「Prize Fighter」鎖住了在澳洲當義工的往事，一切好像那麼遠，卻又那麼近。衣櫥裡兩件印著「Volunteer」的黑色T恤依舊沉靜地上下平躺著，細說著那段第一次在異國當義工的點滴。打工度假從做義工開始，可謂平凡中的不平凡，成為澳洲歷程精彩的一頁。

一元贈言：

有一種使命是做自己人生的主人，做服務別人的僕人。

大會送給我免費的《Prize Fighter》話劇門票。

一頓沒齒難忘的炒雞肉飯

你有吃過一頓飯令你一輩子沒齒難忘嗎？還記得那種味道嗎？我很幸運，在布里斯本遇到一個疼惜我的沙發主人，也吃到一頓教我畢生難忘的炒雞肉飯。因為它的獨一無二，所以特別珍貴。

在布里斯本市區住了一個星期青年旅舍後，我便開始沙發旅行（Couchsurfing）了。它是一個讓當地人提供免費住宿給旅行者的平臺，從而交流文化和認識不同國家的朋友。一般旅人都是睡沙發，所以就叫做沙發旅行。以前一直聽說在外國很流行，令我躍躍欲試。在香港籌備去澳洲的事情時，決定趁此機會揭開沙發旅行的神秘面紗。瀏覽了沙發旅行網站良久，向幾個沙發主人發了請求，靜候他們的回覆。眾裡尋他千百度，Chewi 答應了我的請求，成為我的第一個沙發主人，而我就成為他的沙發客了。

出發前在香港跟朋友提到要做沙發客時，大家都很擔心我的安全。畢竟一個女生住在一個五十歲的單身漢家，發生什麼事真的叫天不應、叫地不聞。他們一看到照片中的 Chewi 身形魁梧、眼神凌厲，下巴留著一撮染了紫色的鬍鬚，樣子窮凶極惡，當下就斷定他是壞人，屢勸我千萬不要自投羅網。我則氣定神閒地說：「我本來也有點擔心，但是看過九十八位住過他家的沙發客留言，都是正評。再跟一個住過他家的香港女生聊過，她說 Chewi 的樣子有點嚇人，但心地善良，非常推薦我做他的沙發客，所以我也放下心頭大石了。你們就放心吧！」朋友還是繼續天馬行空地假設不同的情景嚇唬我，我則一笑置之。

Chewi 家在布里斯本東南部 Woodridge，從市區搭火車大概一小時就到。跟他相處幾天後，事實證明他是一個敦厚仁慈的大漢。有一天閒聊時，我無意中提到已經超過一周沒有吃過一粒飯，天天都吃意粉吃到膩了。沒想到隔天他一下班就帶我去超市買米和雞肉，說要晚上炒雞肉飯給我吃。一聽到「飯」字，我瞪大了雙眼，好像餓狼找到獵物似地口水直流。Chewi 看到貨架上各式各樣的米，就問我：「你要吃哪種米？有粗的，有長的。」我就像女兒受到爸爸的寵愛，馬上指著長米說：「我要吃這個！」

我們買完材料後，就回家準備煮飯。Chewi 叫我坐著等吃就好，但是我不好意思，就走到他旁邊看看有什麼幫忙。只見他刀工了得，三兩下功夫就把雞肉切好，放在鍋裡一邊炒，一邊問我：「你們華人是這樣煮嗎？」我心裡沒有底，又不想被他笑，就連忙點頭。最後加了一些椰菜，下了一些甜酸醬，炒雞肉就大功告成了。

看到白飯顆粒分明地躺在碟上，香氣撲鼻，既陌生又熟悉，令我懷疑自己是否身在夢境。我終於有飯吃了！凝望著眼前的炒雞肉飯，按住內心的激動，強忍著眼眶的淚水。拿起勺子吃一口，熱騰騰的白飯鬆軟，配上鮮嫩的雞肉，酸酸甜甜，十分開胃可口。太久沒有吃過飯了，來不及顧儀態便大口大口地把飯往嘴裡塞，不消十分鐘就把碟子清空了。Chewi 看到我吃得一乾二淨，就問：「好吃嗎？」我看著他慈祥的臉孔，猶如聖誕老人滿足了小孩的心願，心裡無限感激，連忙說：「好吃！非常好吃！謝謝你！」

沙發主人 Chewi 煮的炒雞肉飯。

那頓炒雞肉飯是我在澳洲打工度假吃過最好吃的飯。沒有豪華裝潢的餐廳，沒有珍饈海味，沒有蠟燭洋酒，桌上只有兩碟炒得香噴噴的雞肉飯，是一個沙發主人為一個萍水相逢的沙發客準備的一頓平凡晚餐。一個被朋友斷定為危險人物的單身漢，卻是我在澳洲遇到最溫柔的男人。人總是喜歡以貌取人，還沒交流就先打對方三十大板。當初剛看到Chewi的照片也曾胡思亂想過，現在回想實在慚愧萬分。

有人對自己好不是理所當然的。Chewi為了我一句不經意之話，特地煮一頓飯給我吃，對異鄉人來說，簡直是雪中送炭。一頓飯的價值不在於它的材料有多昂貴或者多上乘，而是它背後蘊含的心意。有些人要富貴榮華才能滿足快樂，而我只需要一碟普通的炒雞肉飯就心滿意足了。知足常樂，人的慾望無窮無盡，如果一直苦苦追求，辛苦的是誰呢？想起媽媽平時下班後還要煮飯給我吃，我卻從來沒有說過一句謝謝，把她的付出當作理所當然，不免有點愧疚。環顧四周，其實幸福一直都在身邊，只是你有沒有察覺而已。最幸福的事往往是最平凡的事。

沙發主人的炒雞肉飯是我在澳洲吃的第一頓飯，簡單而幸福滿載，教我難以忘懷。到今天，那香噴噴的米飯仍深深地存在我的腦海中。它鎖住的就是豪俠仗義相助的人情味。不知道將來我還會在旅途中嚐到那種味道嗎？

一元贈言：

這個世界無人欠你的，請不要把所有事當作理所當然。

我請 Chewi 吃的生日飯。

怨婦的牢騷

人生不如意事十常八九，遇到困難你可以選擇怨天尤人，也可以選擇積極向上。身在異地，對著接二連三不如意的事，納悶沮喪過後，才發現原來我總喜歡把責任歸咎於兩個字——倒楣。

自從發現不見了大筆錢後，便積極開始找工作，以免把錢燒光後坐吃山空。住在沙發主人Chewi家的那兩個星期，在網上漁翁撒網地找工作。澳洲人常用的招聘平台看了，華人的招聘網站也搜尋過了，不論銷售員、文員、活動助理、保姆、侍應等，凡是覺得適合的就馬上申請。可是，要不就石沉大海，要不就因為我持有工作假期簽證而遭拒絕。簽證規定僱員最多只能在同一間公司工作半年，僱主一般都不喜歡聘請一個只能短期工作的人。我的大學學歷和以往的工作經驗都因為這張簽證而變得一文不值。即使嘗試到布里斯本市區的十幾間餐廳逐家逐户遞上履歷，且獲得幾家即時面試，最後過了幾天仍是杳無音訊。有些黑工餐廳則想要我試工才能決定是否聘用，可是試工一天都是沒有工資的，就等於白做了，實在說不過去。另外，有一份住家保姆的工作，已經和家長面談了，也說好了隔天去他們家試工。本來還打算要跟沙發主人告別，準備收拾行李去當保姆。當天晚上突然就被通知告吹了，說還是要繼續用之前的保姆，令我空歡喜一場。

在陌生的環境面對一連串的被拒絕、被忽略、被剝削，使我對就業失去把握。不知道什麼時候能找到工作，也擔心一直失業下去就要提早回香港。隨著時間的流逝，焦慮不安的情緒慢慢吞噬理智，醞釀出抱怨自己倒楣的溫床。那段時間，我怪自己運氣不好，總覺得幸運之神沒有眷顧我，才一直找不到工作。一心以為衰運止於香港，不會伴隨著我到澳洲。怎料運氣是跟人的，來到澳洲依然沒有好轉。我把所有責任推給倒楣，不但沒有反省自己的不足之處，還陶醉於一股可憐兮兮的自我安慰中，好像一切的不由自主都是衰運使然。

自從大學畢業以後，每份全職都要長時間加班、工作量多，下班總是拖著疲憊的身軀回家，放假只想睡個死去活來。看到朋友工作輕鬆，每天準時下班，工資還比我高，只能投以羨慕的眼光，無奈地問自己：「為什麼我的運氣那麼差？舒服的工作永遠輪不到我！我的人生真倒楣！」有時候更看生肖運程和當年是否犯太歲等，為自己的倒楣合理化。我就是那麼相信運氣，也那麼相信自己倒楣的人生，把自己沉浸於自怨自艾到無法自拔的地步。

一直以來，我活像一個怨婦，常常發牢騷把所有問題都歸咎於倒楣二字，讓負面情緒層層困住自己。相信運氣沒有錯，但是太相信運氣就有問題了。來到一個新的環境，短期內找不到工作是正常不過的事，我卻把運氣差無限放大，而不是思考其他方法增加獲聘的機會，這種自憐也來得有點荒謬了吧！自我陶醉在失意的愁緒中會迷失自己，無法積極再走下去。其實，我是栽在自己的心態上，而非運氣上。

初到貴境，身邊沒有朋友可傾訴內心的鬱悶，卻使我發現自己多麼習慣把不如意的事扯到運氣上。人要埋怨時很少責怪自己，把罪名加在運氣上，說出來才言之有物，使自己信以為真。人生不可能一帆風順，如果什麼都怪自己倒楣，卻不反省問題的所在，想不一直倒楣下去也很難。與其花時間怨天怨地，不如學習與倒楣共處，檢討過失，好好裝備自己，靜候下一個機遇吧！自從沒有再沉溺於倒楣的怨氣中，我變得更積極尋找工作。不久之後就得到草莓農場的工作，不禁自嘲昔日的怨婦終於走出陰霾，不用再拿運氣做失敗的擋箭牌了。

一元贈言：

成功是留給有準備的人，

失敗是留給把倒楣掛嘴邊的人。

街頭賣藝

如果要數澳洲做過最厚臉皮的事，街頭賣藝一定榜上有名。在出發到澳洲前，想過一個問題：如果找不到工作，可以做什麼？靈機一觸——賣藝！自問身無絕技，只學過半年太極。反正外國人喜歡中國文化，隨便耍一下三腳貓功夫應該能胡混過關吧！一技足以餬口？再加送自製明信片籌款和寫書法書籤就差不多了。沒想到行李箱最重的就是那塊墨硯！最後除了書籤沒有賣成外，其他都嘗試了，不得不服了自己。說真的，人生短暫，有些事情你現在不做，就永遠不會再做了。

一、自製明信片交換故事

剛到布里斯本幾天後，趁還閒著，就到市區擺攤。我在一塊紙皮上寫自己是從香港來澳洲打工度假，只要大家分享一個自己國家的故事，就可以免費選一張明信片。另一個捐款紙皮箱則是給途人隨緣樂助之用。

街上人流多的位置早已經有音樂才子在演奏了，我就在一條馬路邊把明信片一張一張鋪在紫染藍布上，然後背靠牆盤膝而坐。自問不是攝影高手，卻厚臉皮地把三十多張照片印製成明信片放在街上做「小展覽」。有途人停下腳步問明信片的風景是哪裡，也有人稱讚照片拍得很美。難得有人關注，我就化身香港大使，指著明信片興奮地娓娓道來，介紹香港的社區建築和自然風景。

坐了一個多小時，途人經過都會瞄一下，有些人好奇圖片的內容就會問一下，無人問津時我就低頭看手機，最後送出了四張明信片。其中一個從台灣來打工度假的女生，年紀跟我相若，被我的舉動吸引了。特意走過來說：「我第一次看到亞洲背包客在這裡拋頭露面，你真勇敢！」我靦覥地笑了。接著她就簡單介紹了故鄉高雄的夜市和旅遊景點，並且選了一張寫著「Where is your next stop？」的明信片。同是背包客，特別容易志趣相投，最後我們還互加了臉書，繼續留意各自的動態。

令我印象最深刻的是一個從墨爾本來旅遊的女士。她雀躍地分享了墨爾本的生活和城市面貌後，竟然請我把明信片留給下一位有緣人。那一刻，我反應不過來。原來她只是享受跟我分享故事的過程，並不在意那一份「禮物」。路上行人熙來攘往，卻有人願意騰出寶貴的時間來跟一個陌生人分享故事，這完全打破了等價交易的定律。如果換作在香港，這一幕會出現嗎？

人生第一次戰戰兢兢地坐在街頭送明信片，沒有期望，卻有意外的收穫。突破了自己，才明白有些事沒有想像中困難，只要踏出第一步，一切就會順其自然地發生了。捐款箱依舊空空如也，內心則滿載而歸。一件事的價值非金錢可以衡量，當你把錢的地位放得越低，得到的快樂越多。第一次在外國拋頭露面，第一次坐在街上和陌生人聊天，第一次膽粗粗地向途人介紹香港，第一次在室外聽別人講故事。這些第一次，都成為我往後想做就做的動力，支持我創造更多人生第一次。

布里斯本街頭的人潮中，說故事的過客遇到聽故事的背包客，停下腳步，分享一段故事，拿著一張異地明信片回家。一張微不足道的明信片，卻連接了兩個生命，他們成為我的故事人物，我成為他們平凡生活的小插曲。偶爾跳出原來的生活框架，做一些平常不會做的事，才能遇上偶然的驚喜。

在布里斯本市區擺攤送明信片。

二、耍太極

十月初在小鎮卡布丘（Caboolture）農場包裝草莓的日子，每星期的工資扣除租金和日常開支後，已經所剩無幾。那時候，突然冒起做「外快」的念頭。反正下班早，時間多的是，當下就決定把街頭賣藝耍太極派上用場了。

整個小區只有超市附近人流較多，下班後，我便帶著裝備去超市外面的廣場試試水溫。在商場的廁所換上一套淘寶買回來的全白長袖鬆身太極服，腳穿白色太極鞋，扎起馬尾，擺出一副武林高手的姿態。徐徐地走到超市外面的空地，簡單地佈置一下場地，便開始賣藝了。

隨著藍牙揚聲器播放的悠揚笛子聲起，收拾心情眼看前方，深吸了一口氣，開始太極第一式的起勢，分腿提手。全套八十五式幾乎要耍半小時，我不記得所有招式，只好憑記憶重複做某些動作。沒有專業訓練，卻在澳洲人面前班門弄斧，實在貽笑大方！有些人剛從超市出來，就把身上的零錢投到捐款紙皮箱，聽到「叮…叮…叮」的投幣聲，我就會更加賣力，並笑著對投幣者說聲「Thank you」。

就在耍了差不多四十五分鐘時，突然有一個中年澳洲女士走過來跟我說話。

她微笑地問：「請問你有開班教太極嗎？」

我怔住了兩秒才回過神來。既詫異又興奮地說：「不好意思！我只是在這裡街頭表演，還沒試過開班教人呢！」

她臉帶惋惜，認真地說：「我和媽媽都想學太極，看到你耍得那麼好，還以為你有授徒呢！如果你開班，我會多叫幾個朋友來參加的！」

在澳洲教太極？我想都沒想過！這個建議頓時令我整顆心衝出九霄雲外，完全不想再回農場工作了。但是，我只是在香港學了半年太極，根本學藝未精，哪有本事教人啊！這不是誤人子弟嗎？如果教錯了姿勢還會弄傷筋骨呢！想到這裡，心往下一沉，立即打消了這個念頭。

我面帶尷尬地解釋道：「我只是在這邊工作一段短時間，快要離開了。之後可能回布里斯本，如果要特意來這邊教太極會有點難度。要不這樣吧，你留下聯絡電話，如果我日後安排了課堂再跟你聯繫，你看怎麼樣？」

她無奈地點點頭，在紙上寫了電話號碼和電郵，我也把電話號碼寫給她。

看著她離開的背影，好像失去了什麼似的，但又有一股暖流在血液裡上下翻滾著。

小時候，除了讀書成績比較好之外，好像沒有一技之長。看到朋友有的鋼琴演奏級，有的畫什麼像什麼，有的運動細胞特別強，有的手工藝精湛，羨慕的同時其實對自己已經失去信心。究竟我可以做什麼呢？好像一直找不到這個答案。直到那位女士的出現，瞬間為我打了一支強心針，才發現自己擁有一技之長。

沒有自信的人會妄自菲薄，就算別人欣賞你，還是會否定自己。在傳統的華人社會，小孩做錯事，大人就會責怪或懲罰，事情做得好卻很少得到讚賞或獎勵。我就是在這種家庭教育下成長的，就算拿全級第一，也沒有得到一句稱讚。自信是自己給自己，也要身邊的人給予支持。自從耍太極賣藝後，途人的一個微笑、一個駐足欣賞、一次掌聲、一句稱讚，已經使我樂透半天。嘗試了賣藝，才明白賣藝者需要的是一份尊重。就算是一個簡單的微笑，沒有投錢，也是對賣藝者最大的肯定。所以，這個世界上有人把賣藝當成終生事業，他們享受的就是觀眾的欣賞和尊重吧！不知不覺，我愛上了耍太極，愛上在街上表演的自己，愛上拋頭露面的日子，還花更多時間鑽研太極的姿勢，簡直是要精益求精！

搬到黃金海岸時，有人在我耍太極時問我拿名片，想拜我為師，我二話不說就同意了。雖然最後因為時間關係沒開成班，但是從前那個看低自己，未做先說不行的我已經消失得無影無蹤。人生有限，想做就做。如果連為自己而活的自信都沒有，那只能繼續渾渾噩噩地度過餘生了！

以前在外國旅行總是看到街上有人在彈吉他、畫畫、賣手工藝品等，街頭賣藝與其說是外國人的玩意，不如說是留給有夢想、有才華、有自信的人一展拳腳的另類生活方式。一年打工度假，看不到亞洲人在街頭賣藝的蹤跡。而我從布里斯本賣藝到墨爾本，共表演了十一次太極拳，有點難以置信。很多事情看上去好像不會發生在自己身上，但是凡事都有可能，只是你願不願意踏出第一步而已。人總是喜歡給自己藉口，想太多最後只會原地踏步。想做就去做，機會錯過了不一定會再有。等待不是必然，或許到最後你連等待的機會都沒有了。當打工度假只令人想起農場或餐廳時，我慶幸擁有一個獨一無二的街頭賣藝故事。

一元贈言：

人在臨死前，不會記得自己做過什麼，只會後悔自己沒做過什麼。

我在超市外面賣藝耍太極。

中女包裝草莓初體驗

一個擁有大學學位的中女，跑到澳洲做農場，是一種浪費嗎？一個人的價值是以賺錢能力或工作職銜來作判斷嗎？雖然香港不像印度的種姓制度為人分貴賤等級，但是很多人都是以金錢、地位、職業、權力等去衡量一個人的價值，從而選擇與自己能力相若的人為伴。其實，一個人的價值在於自己怎麼看自己，別人怎麼評價我們控制不了，何必介懷別人的眼光呢？

自從不見了一千五百元澳幣後，我不再蹉跎歲月了。早上到市區的餐廳派履歷，下午上網找工作，而農場是我最後沒有選擇下的選擇。想到堂堂大學生要淪落到做農場，豈不是成為別人的笑柄嗎？不過，投了差不多兩個星期的簡歷後，仍然得不到工作機會，我開始懷疑自己的能力了。曾經聽說有些來打工度假的人受不了長期失業和不甘心卑躬屈膝做辛苦的工作，只來幾個月就回去。現實和理想的差距吞噬了當初的熱情，落得失望而回的下場。我，會步他們後塵嗎？

有時候事情沒有想像中糟糕，只是人把自己看得太高，看重面子，過不了自己的心理關口而已。為了不要一直窩在沙發主人Chewi家寄人籬下，經過幾番內心的掙扎和反思後，我決定摘下那頂「大學生」冠冕，不再跟自己過不去。不久後，終於得到第一份工作——在布里斯本北部卡布丘（Caboolture）的農場包裝草莓。工頭是韓國人，一問就很爽快地回覆有空缺，隨時上班，提供住宿安排，有專車接送上下班，簡直是一條龍服務。既然人生中未試過做農場，就姑且一試吧！九月底，我從Chewi家搭火車到卡布丘，正式開始農場生活。

剛抵達韓國工頭安排的合租屋時，就有室友提醒我已經是草莓季尾，包裝員正陸續離開，質疑工頭是為了賺我的租金而安排我進來包裝。不過初來報道，還是先去上班了解情況再見機行事。

農場是越南人開的，裡面幾乎都是日本、台灣、韓國、香港的打工度假背包客，還有少量越南和菲律賓人。包裝草莓是計件的，多勞多得。許多台灣和韓國人來澳洲打工度假都是為了賺多點錢回去，因此特別勤奮。我遇到的台灣人都只會說幾句簡單的英文，大學畢業的不多。其中一個台灣人Kate好奇地問我：「以你的學歷，應該可以在澳洲找到好工作，怎麼會跑來做農場幹體力活呢？這不是太浪費了嗎？」我耐心地說：「大學生做農場有什麼問題？為什麼一定要界定大學生做什麼職業呢？

無論做什麼工作，只要敬業樂業就可以了，每個崗位都有它存在的社會價值，毋需貶低它。人的價值不是只看什麼工作性質吧！以前我也會認為做清潔、侍應等工作比較低下，現在想起來更見自己的無知和短視。一個人的價值不應該由別人賦予，也不應該以其工作來作判斷，更談不上浪不浪費。」Kate聽完我的肺腑之言，靜止了幾秒，然後傻傻地笑了。她替我不值，但是也佩服我在職場能屈能伸。

在計件的制度下，很多女生為了多賺幾分錢，練得一身好武功。她們不消幾秒就把十幾顆草莓包好一盒，就像在表演魔術一樣，看得我嘖嘖稱奇、拍案叫絕。聽她們說，旺季時整籃草莓又大又鮮紅，不用挑，幾乎都是好果。那時候，手腳多慢都能賺到錢。可是，我來得太晚了，每天要花很多時間挑爛果，賺不了什麼錢，還要綁定住宿，變相在幫工頭交租。於是，我便在上班一周後辭職，但是還要綁定住宿兩周，只好等第三周才走了。

有一天，叉車運來了幾十籃草莓，搬運的男生還沒來得及把草莓上架，全部女生就跑出去一人扛走一籃草莓到自己的位置，二話不說就包裝了，而我則原地不動，等她們都搬完了才慢條斯理地走出去抬起一籃草莓。Kate見狀，就好奇地問：「為什麼你不跑出去搶呀？」我泰然自若地說：「就讓她們先拿吧！我又不急，反正我來澳洲又不是為了賺錢，何必跟大家搶呢？」她無言以對，被我氣死。不過，在下一輪叉車進來的時候，全部人又一窩蜂地跑去搶草莓時，Kate 就把一籃草莓送到我桌上，然後沒好氣地說：「你再不拿真的什麼都沒有了！」在與時間競賽的工廠裡，她不但沒有把我當作競爭對手，反而特別關照我，擔心我賺不了錢。這個沒有上過大學、英文只會幾個單詞的女生，在現實社會或許會被人看不起。可是，她的無私和對人的關懷更值得別人尊重。一個人的品德優劣不是反映在學歷或賺錢能力，要看就看他怎樣對待別人。

離開農場時，和 Kate 交換了聯繫方法。在打工度假期間認識的人很多，但是從打工度假回來後能保持聯繫的就少之又少。慶幸我們一直保持聯繫，並在香港、台灣都重聚過。她沒有變，還是那麼真誠待人。雖然我在農場賺不了錢，但是認識了 Kate，賺了一段友誼。

自從在農場包裝了草莓後，我不再介意做任何性質的工作。別人怎麼看我已經不重要了，最重要是自己怎麼看自己。回到香港後，那個大學生的冠冕再也沒有戴上了。記得有一天在中環街頭派傳單，一些衣著光鮮、打扮華麗的ＯＬ在面前穿梭往來，就算我遞上單張，眼角都不會瞧我一眼。我在想：「如果我不是站在街上，而是坐在辦公室和她們共事，她們的態度會一樣嗎？」人去到某個位置就會把自己的身份和價值看得很高，卻少了同理心，也忘記了人人生而平等。走進農場，才發現以前把自己看得太重了。每個人的付出都有其價值，把頭抬得太高時，還能看到眼角下的其他人嗎？

有時候回想自己如果沒有去打工度假，或許這輩子也不會跟農場搭上任何關係。多虧去了澳洲，放下了高傲和執著，「大學生」和「草莓農場」看似風馬牛不相及，永遠不會交錯的兩個平行時空，最後才能搭在一起。

一元贈言：

努力成為一個讓自己喜歡的人，而不是努力成為一個讓別人喜歡的自己。

背包客在農場包裝草莓。

一切從簡

你的衣櫃有多少衣服是買回來從沒穿過或者只穿了幾次呢？有多少食物或護膚品是放到過期就扔了？有多少玩具是玩了一次就長眠床底？香港是一個物質豐盛的社會，消費成為一種生活習慣。缺了什麼就買新的，大減價又去買一堆有的沒的。究竟有多少人會在購買前問自己一句：「這是需要的嗎？」

來到澳洲，其中一件必做的事就是逛二手店。各城各區的二手店林立，只要看到店鋪外面寫著「OP Shop」就是了。它們以賣二手衣服為主，也有禮服、工作服、首飾、玩具、廚具、傢具、書本、電子產品、露營產品、唱片和DVD等。二手衣服價格最便宜的從一元起，通常在十五元以下，視乎衣服的新舊和品牌而定。住在Woodridge時，不知道是不是該區比較多基層，竟然有四五間二手店。有時候進去一家店慢慢尋寶，就可以待上半天。對於打工度假的背包客來說，二手店簡直是購物天堂！有時候做農場要買的工衣，很多前人都會留下來，只要到二手店找就好了。偶爾發現簇新的名牌衣服，卻以低價賣出，真的是撿到寶！有一次我撿到一件賣六元的白襯衫，百貨公司則賣三十元，得意地打從心底笑了出來。

澳洲人十分注重環保，很多東西都會循環再用。他們不會介意買二手貨品，不管是 OP shop 還是網上二手買賣都十分普遍。由於租金昂貴，香港比較少見二手店，網上的二手買賣群組也是近幾年才開始盛行，畢竟在香港買東西實在太方便了，缺什麼直接就出去買，哪有心思和時間去二手店慢慢尋寶呢？不要的東西則順手扔了，哪有閒情去回收呢？

曾經，我也是一個逛街就買一堆衣服回家的人。看到漂亮的衣服就直接買，也不會想一下衣櫃的衣服已經堆積如山，結果很多衣服只穿了一兩次就束之高閣。直到帶了一堆衣服到澳洲，最後來來去去只穿那幾件，才發現原來人所需要的就是那麼多而已。一個韓國男生來澳洲打工度假，只背著一個小背包，裝了一套衣服和一個睡袋，而我則拖了一個行李箱再加一個大背包來澳洲。同一個目的，卻有截然不同的行為，只好說我離清心寡慾的境界還有一段漫長的距離。

在澳洲待久了，物慾也漸漸降低。一來是行李箱裝不下那麼多東西，二來習慣在買東西前問自己一句：「這個真的需要嗎？」最後就放下了。只有在東西不見了或者缺乏時，才跑到二手店尋寶，手上沒有一件多餘的東西。離澳前，把不要的東西送給身邊的朋友，一件都不浪費。扛著「石頭」來，只帶著回憶走。如果再來澳洲一年打工度假，我一定跟那個韓國男生一樣輕裝上路！缺什麼再去二手店尋寶吧！

回港後，我延續澳洲的極簡主義（Minimalism）。不要的東西就放上二手物品平臺轉贈其他人，需要買東西之前先到二手物品交易平臺瀏覽，找不到才買新的。另外，我會定時檢視家裡的東西，把不用的東西扔了，能回收的就拿去回收，實踐斷捨離的生活。最意想不到的就是現在無論去多遠多久的旅行，只帶兩套衣服就上路。昔日拖著的沉甸甸行李箱變成七公斤的背包，行李一件也不會多，舒服多了。

生活在五光十色的繁華大都市，廣告宣傳隨處可見，要抗拒誘惑，也許要學和尚出家戒掉所有慾望。人的物慾無窮無盡，如能返璞歸真，就會明白有些東西夠用就好了。「因為我們沒有帶什麼到世上來，也不能帶什麼去。只要有衣有食，就當知足。」（提摩太前書 6:7-8）正是知足最好的詮釋。「想要」和「需要」只差一個字，簡約是一種對生活斷捨離的態度。懂得斷捨離，才是真正放過了自己。與其煩惱怎樣安置和回收家裡的雜物，不如先淨化心中的物慾吧！

一元贈言：

與其問自己欠缺什麼，不如先看看自己擁有了什麼。

Save
WOMENS
JACKETS
SALVOS
Be Surprised!
LADIES
JACKETS
SALVOS
二手店的衣服。

天使在身邊——Jessie

從卡布丘農場回到布里斯本，彷如回到人間，也遇上人間天使——Jessie。第一次在一間屋做一個月沙發客，第一次獨自看守整棟房子，第一次在後花園摘蔬菜煮來吃，第一次有外國媽媽帶我去買衣服。澳洲的第二個沙發主人，把我當作溫室小花，每天用母愛灌溉，對我呵護備至，就像天使般默默地守護著我。

五十五歲的Jessie在Woodridge的一套房子裡獨居，做照顧殘疾人士的工作。第一天到她家時，客房已經住了一個日本沙發客。全屋只有兩間睡房，她堅持把自己樓上的睡房讓給我，自己則在樓下當「沙發客」。她說自己早起床上班，如果我睡沙發，早上可能會被她吵醒。試問哪會有主人對一個陌生人那麼體貼，無私地讓出自己的房間，寧願自己睡沙發呢？我拒絕不成功後，就不好意思地做了她房間的主人一星期了。

住了一個多星期後，一個賽馬活動聘請我做一天餐飲服務員，但是要買制服才能上班。一看到那張清單，頭就痛了。

一天吃晚飯時，Jessie 問我找工作的進度，我就提一下工作需要穿白色長袖襯衫、黑色領帶、黑皮鞋，可是我通通都沒有，還在猶豫要不要為了接一天臨時工而大費周章。她突然很認真地說：「這樣吧！後天我放假載你去二手店買這些衣服。」我不敢相信自己的耳朵，抬起頭，看到她堅定的眼神，空氣好像凝住了。最後嘴巴顫抖地說了聲：「謝謝！」

Jessie 放假那天，一早就開車載我到另一個鎮最大的二手倉，衣服、傢具、廚具等，應有盡有。我在衣服區左竄右走、東張西望，可是就沒看到白色長袖襯衫，而西褲不是太長就是太寬。那裡的衣服都是外國人的尺寸，我這種個子矮小的亞洲女生還是要在兒童部才能找到適合的吧！逛了半小時後，一無所獲，難免有點失望。Jessie 就再載我到其他二手店尋寶，最後在一家小店找到黑領帶和一雙絕無僅有合腳的黑皮鞋，加起來還不到二十澳幣，實在是撿到寶了！剩下的西褲倒不難買，主要是白色長袖襯衫比較難找。

回到家後，Jessie 馬上打電話給朋友問哪裡可以買到白色長襯衫，知悉後就說下一個休假日再載我去買，叫我不用擔心。果然，兩天後她再載我去買，更在店裡進行地氈式搜尋，最後在一個角落拿出一件白襯衫給我。最難找的東西竟然被她找到了，我簡直興奮到想當場尖叫啊！雖然她話不多，但是卻會默默地在背後付出。在異地有一個人對自己的事那麼上心，就像在冰天雪地喝上一碗熱湯，暖入心懷。

Jessie平常上班的工作時間很長，而且服務殘疾人士消耗大量體力，放假本來可以在家好好休息的。不過，她竟然那麼看重我的瑣事，把我的事放在首位，生怕我買不到衣服會失去工作，寧願犧牲自己寶貴的休息時間來陪我買衣服，就像媽媽疼女兒一樣，令我心裡感激不盡。想到有時候大陸的親戚來香港旅遊，他們想買什麼，我最多告知店鋪的位置，也不會盡地主之誼抽時間來陪他們購物，不禁有點慚愧。

Jessie為人寡言，卻熱心助人。住在她家的期間，她對鄰居和社區的弱勢社群常常伸出援手，連失業人士不會填表也跑來找她求助。她就是用行動來關懷身邊的人，就連我這個在她家白吃白住的沙發客都照顧得無微不至。朋友問我：「你免費住她家，要幫她做什麼嗎？」我說：「什麼都不用！」這是真的，她什麼都自己來。倒是我覺得不好意思，偶爾會主動澆花、晾衣服、洗碗，畢竟像公主一樣被人服侍，自己良心也過意不去。就在我失業了兩周而懊惱著去留時，她給我一個驚喜——給我多住兩周！

十一月初，她要搭飛機到昆士蘭中北部去慶祝媽媽生日，就請我幫她看守房子，只要偶爾到後花園澆澆水就好了。我無法想像有人會把自己的家交給一個外國背包客看管，還特意在離開前帶我到市場買肉買菜，怕我一個人在家會餓到肚子。她千叮萬囑我不夠吃可以到後花園摘菜，又把鄰居的電話留給我，以備不時之需。最後更教我分辨毒蜘蛛，遇到要拿什麼來噴它。留下所有鑰匙後，便放心離開。

是什麼讓一個人那麼放心把自己的房子交託給一個陌生人看管呢？難道她不怕我搞亂房子或偷竊？在澳洲當了幾次沙發客，主人都是直接把鑰匙給我，讓我自由進出家門，這種事情在香港應該很少見吧？直到近年在不同國家沙發旅行，各地的主人也如是，我就明白了。從她決定接受你做沙發客開始，她選擇了相信你。朋友問過我：「你去住陌生人家，不危險嗎？」我反問：「人家給你這個陌生人住，隨時引狼入室，他不是更危險嗎？」現今世代人與人之間猜測多於信任，加上剛認識的人，當然是防人之心不可無。但是，過度防範會築起一道高牆，使人與人產生隔膜。與其諸多猜度，不如選擇信任對方。信任是互相的，你怎樣待人，別人就怎樣待你。

住了一個月後，我要搬到黃金海岸了。離開的那晚，Jessie剛好要去黃金海岸看表演，就順便載我去新家。最後一小時的相處，多麼想時間可以走慢一點，讓我們再多聚片刻。到新家時，她下車幫我搬行李，我連聲道謝後，已經不知道能再說什麼了。那一個月來，她就像媽媽一樣，照顧我的起居飲食，關心我的喜怒哀樂，我已經習慣有她在身邊了。感恩那個天使的出現，使我過了一段幸福的時光。我們擁抱了一下，彼此都依依不捨，然後她就上車了。我一直站在門口，等到她的車離開我的視線範圍，才收拾心情轉身進屋。那次一別，也沒有再見過她了。她曾說過：「我不會離開澳洲的。」那麼，就等我他朝回澳洲再重聚吧！

一元贈言：

很多事情本來就是那麼簡單，只要你願意相信，結果有時候會超乎預期。

我和 Jessie 在家門口合照。

被毒品交易者跟蹤

沙發主人Jessie住在Woodridge，那裡是一個毒品交易頻繁的地區，住了許多不同國籍的人，品流有點複雜。在她飛去跟媽媽慶祝生日之前，叮囑我晚上回家要打醒十二分精神，鎖好門窗。可是，要發生的還是會發生。

十一月十日晚上，在布里斯本市區聽完電影節的義工簡介會後，便坐火車回家。九點多到達Trinder Park火車站時，韓國朋友來電，於是一邊走一邊聊電話。走了十幾分鐘後，突然看到馬路右邊的一間屋外有兩個人在抽煙。面向我的身披著一襲黑紗，只露出雙眼，在黑暗中顯得特別撲朔迷離，猶如陰間的鬼靈。背向我的是一個穿短袖T恤和短褲的男孩，好像在等什麼似的。只見「鬼靈」伸手把一包紙包的東西交給那男孩，接著發生什麼事我就不敢看了，匆匆前行。

走了一小段路後，回頭看到他們向另外一條路的方向走，我就放心地告訴朋友剛才所見。自從以前在香港被變態男人從後掩口後（幸好之後什麼事都沒有發生），我習慣了晚上走路不定時往後看。在紅綠燈位駐足回頭望時，發現他們突然改變路線，在我背後四至五米左右的距離走著，口裡還噴著煙。明明剛才是走那邊，怎麼突然跟我同一方向？那一刻，我感到生命受威脅，心想他們不會以為我報警告密，要殺我滅口吧？腦海裡冒出沙發主人的一句話：幾年前這區有個女人在路上被謀殺了。一想，心加快砰砰地跳。當時四周一個人也沒有，求救無門。我只好低聲跟通話中的朋友說：「我現在被兩個毒品交易者跟蹤，如果一會兒我突然沒有聲音，就應該有生命危險了。你要幫我報警，我的位置在Logan。你現在不用掛電話，我會繼續走，盡量拋開他們的距離。」

我假裝鎮定，屏息拿著電話繼續前行，只是步伐加快了一點。走到下一個街口，突然有幾個年輕男孩騎單車迎面而來，我心想死定了！同黨要來前後夾攻了！後來那些男孩只從我身邊擦肩而過，當下鬆一口氣。下個街口就到家了，終點在望。我馬上三步拼成兩步，旋風似的橫過馬路奔向家門。一到門口，立即放下電話，冷靜地從手袋裡抽出鑰匙，迅速打開門，衝進家裡。關門之際偷瞄對面馬路，那兩個人也在看著我，心裡不禁打了一個顫。立即關上門，再把所有門窗緊緊地鎖起，拉上窗簾，方能如釋重負。舒一口氣後，再拿起電話慢慢跟朋友說明整件事的經過，她也替我捏一把汗，幸好最後脫險了。

這是我在澳洲遇到最害怕的事，到今仍歷歷在目。在外地盡量不要晚上一個女生在街上走是常識吧！而我卻常常鋌而走險。這些「膽量」究竟是從何而來的呢？大學剛畢業便北上到東莞工作差不多一年，有時候黃昏從香港過關深圳，再搭大巴回到虎門的工業園，已經天黑了。剛開始還會害怕自己一個人在那麼龍蛇混雜的地方過活，但是適應了就沒什麼好怕了。就算在香港已經凌晨一兩點，我還是習慣從火車站走十五分鐘路回家。久而久之，我對天黑已經有安全感，安全意識也無形中降低了。每到一個新地方，不消一兩天就能適應當地的生活，很快就把自己當成半個當地人，天黑也照常活動。或許這都令我對黑暗沒有恐懼，漸漸掉以輕心。人總是在發生意外後才會提高警惕。被跟蹤後，我都會在天黑前回家，也對那個社區的人小心提防，畢竟是毒品交易的重地。許多危機都可以避免的，我們沒必要把自己放在危險中。每個人對環境的安全感不一，作出的抉擇也不一。不過無論遇到什麼事，都要暫時按捺內心的恐懼，冷靜地隨機應變，才能有機會化險為夷。這個世界沒有百分百安全的地方，只有百分百的安全感。不需為一件事而失去安全感，恐懼也是成長所需的養分。

被跟蹤過，尋回害怕的感覺。但是，我沒有被恐懼征服，反而和它共處，成為黑暗中的一個警號。

一元贈言：

走過遍地荊棘，請記住恐懼的感覺，不要投降，然後期待下一次的彩虹。

在布里斯本看到的彩虹。

黃金海岸 Gold Coast

站在十字路口
仰望那片海闊天空
掛著冒險的夢

跌過痛過傷過哭過後
驀然回首
變幻裝飾了人生的味道
最苦的
也是最甜

為了得到一份工作，我可以去到幾盡？

十一月從布里斯本搬到黃金海岸，只為一份還沒確定的主題樂園工作。雖然那裡是蜚聲國際的衝浪天堂，但是也是生活費高昂的地區。「人窮志短，絕處逢生」只有親歷其中，才能明白這八字真言。搬到黃金海岸後，我做了一件不太像自己會做的事，才發現能屈能伸才是生存之道。

當我在布里斯本收到黃金海岸主題樂園「夢幻世界」（Dreamworld）的電郵時，本來滿心歡喜以為獲取錄了。一看，卻是不取錄通知書。整個人呆了幾分鐘，有點接受不了這個事實。幾經辛苦經過兩輪面試，以為十拿九穩了，還提早找黃金海岸的合租屋，準備迎接樂園的工作。隔天就要搬了，沒想到計劃趕不上變化。既然搞成這樣，搬去黃金海岸有什麼意思呢？離開草莓農場後，已經失業一個多月，再這樣下去遲早要提前打道回府了。「夢幻世界」是我當時最想做的工作，難道就這樣讓它白白溜掉嗎？

在沙發主人Jessie家裡來回踱步，坐立不安。有些事情嘗試了不代表成功，但是不嘗試就連成功的機會都沒有。為了不讓自己留下遺憾，我馬上打開電腦，寫了一封幾百字的英文電郵給人事部，說出自己有多麼想在「夢幻世界」工作和有什麼能力，希望他們重新考慮我的申請。平時都沒試過寫那麼長的英文信，那次居然為了一份工作那麼認真，有點懷疑那個人是自己嗎？

兩周後，奇跡出現了！「夢幻世界」打電話通知我獲取錄，十二月開始接受培訓。掛電話的那一刻，興奮得簡直想在巴士蹦跳尖叫起來！不知道對方是因為感受到郵件內容的誠意而改變主意，還是樂園聖誕節急需人手而把候補的人也填上了。不管什麼原因，只知道那是我第一次厚著臉皮、竭盡所能去挽留一份工作。如果事情發生在香港，我不會因為不獲取錄而操心，另覓其他工作就好了。可是人在異地，工作機會不多，難得找到一份心儀的工作就要珍而重之。為了不讓自己後悔，就得孤注一擲。不管結果如何，起碼已經盡力而為了。

本來以為得到樂園的顧客服務員一職就可以養尊處優，沒想到工作的時數和天數都很少，收入僅足以交租和應付日常開支。一個在樂園做紀念品零售的同事知道我的情況，就建議我在沒有輪班的早上打電話給上司，看有沒有同事缺席需要候補，那就可以多賺點錢。我覺得可以一試，有好幾天特地早起打電話回公司，只是都沒有著落。從來沒想過自己會那麼厚臉皮主動求工作，捉緊每個機會。曾經那個與世無爭的我，怎麼突然變得那麼入世了？

如果你在香港有大學學位，有一大堆社會工作經驗，在澳洲找工作不見得有什麼優勢。在布里斯本失業久了，我明白了持有一張工作假期簽證，可以做的很有限。當地符合勞工法的白工公司就算看中你的資歷，卻不想聘用你，免得培訓完半年後你就走了。剩下的就是一些技術型、體力勞動工作或臨時工，大多是不合勞工法的黑工，不但工資低，也沒有保障員工福利。黑工市場發展蓬勃，你不做，一堆人等著做。如果只是把香港的那套觀念放在澳洲，硬要做某類工作，很快就會執包袱回家了。「夢幻世界」是難得一遇的客户服務工作，可接觸世界各地的遊客，機不可失。如果當初我沒有寫那封郵件，結局會不同嗎？為了生存，就要放下原本的自己，在重要關頭做到能屈能伸。

從澳洲回港這幾年，我一直做兼職過活。什麼會展助理、店鋪銷售、學校功課輔導、活動助理等，通通成為我的履歷。工作無分貴賤，只在於你是否敬業樂業而已。遇到想做的工作，就積極主動一點。從回覆一個主題樂園的郵件開始，我已經不再是以前的我了。

一元贈言：

試過後才會無悔，

錯過了才會後悔。

主題樂園「夢幻世界」第一輪面試的求職者。

主題樂園唯一的傷口

常常聽說外國人歧視華人很普遍，沒想到我也中獎了。最諷刺的是這是發生在充滿歡樂和童真的主題樂園「夢幻世界」。所以說，現實和理想永遠都有一定的距離。

上一篇提到我得到「夢幻世界」的臨時工，如獲至寶。後來得知是做顧客服務員，更是欣喜若狂。我們同期的一批員工簽了三個月合約，主要是為了應付聖誕節和學校假期的旺季人流。工作包括在櫃檯售賣門票、入口檢票、在資訊中心幫客人辦理年票、問卷調查、租借儲物櫃、輪椅、嬰兒車和其他顧客查詢服務。賓客服務部的職員九成都是本地人，當中超過七成是學生，其他的是年資較長的全職人員。我算是那個部門唯一持工作假期簽證的員工，也是唯一一個香港人。能在全英語環境和當地人共事，自然有一種難以言喻的滿足感。

從聖誕假期開始，大部分新人的工作時數都差不多，每周上三至四天班，每班三小時左右。但自一月中起，我的工作班次接二連三被取消。試過抵達樂園門口才被主管 Michael 告知取消當天班次，要打道回府。有時候他會在上班前一個小時致電告知取消，幸好我住得近，不然已經出門了，又要在烈日當空下走回家，簡直是一種折騰。後來他提早一天打電話叫我不用上班。被取消的理由是天氣熱，預計當天人流不多，不需要我開櫃檯賣票。他揚言之後會安排其他班次，但始終沒有兌現承諾。

後來我統計了一下，發現如果那周我有四天要上班，就有兩天被取消；有兩天或三天班，就被取消一天。最無奈的是連合約期滿最後一周的僅有一個班次也被取消了。即使我提出想完成最後一個班次，也遭到拒絕。一月中開始連續五周，總共被取消了五個班。這個頻率之高讓我有點懷疑 Michael 是故意挑我的班次來取消的，連房東 Hazel 都察覺到這個問題。她幫我問一個在樂園零售部工作的朋友，人家從未被取消過班次。Hazel 覺得主管有歧視我的成分，很替我不值，叫我去人事部反映這個問題。我不敢妄下判斷，想先了解其他新人是否也有相似情況。如果都一樣，那他就不是針對我了。

為此，我在少之又少的上班機會中盡量打探軍情。六個新人當中有兩個是被取消過一次，其他的都相安無事，但是沒有人被取消多過一次。相比我當時已經被取消了四次，的確有點離譜。如果 Michael 真的覺得當天人流不多要取消員工班次，我是可以理解的。但是幾十個員工，為什麼我的班被取消的機率那麼高呢？他大可輪流取消不同人的班，那大家的班次才會比較平均吧！

在查問的過程中，一個菲律賓籍的女學生告訴我一件事。有一天她的售票電腦當機賣不了票，就打電話向 Michael 反映，可是 Michael 卻兇巴巴地叫她自己想辦法解決。她說那是電線的問題，不是她可以解決的範圍，不明白為什麼 Michael 不來現場了解一下情況就恃勢凌人。她委屈地說：「我覺得 Michael 歧視亞洲人。她對我和其他人很明顯不一樣。」聽完她的分享，我想起在上班報到時，Michael 對著澳洲學生就談笑風生，一看到我則收起笑臉，變得目無表情，我只好假裝沒事，硬擠出牽強的笑容。那個女生切實的經歷使我更加肯定我的確被歧視了。

被 Michael 歧視心裡很不是滋味，不公平的對待令我對樂園的工作失去了憧憬。

不過，我不打算去人事部投訴。樂園的合約快到期了，就算人事部願意介入調查，也需要一段時間，屆時我都離開樂園了，作用不大。多一事不如少一事，遇到這個主管就當作我倒楣吧！雖然得到樂園的工作使我樂上一段日子，但是遭到主管的歧視刺穿了美夢，最終使我帶著無奈和遺憾離開，至今傷口仍隱隱在痛。

人人生而平等，也應該享有被尊重的權利。歧視別人是否代表自己高人一等呢？被歧視的人需要多久才能走出陰霾呢？曾經一個中學同學因為說話發音不準確，常常被同班一個同學取笑。隔了十幾年，她仍然走不出那個陰影，很怕被人笑。一個人的舉動永遠不會知道對他人造成什麼程度的傷害。要傷害一個人談何容易，但是要修復一個傷口卻不是一朝一夕的事。在香港，歧視新移民、南亞裔人士或不同種族的人都很普遍，而有些公司會在選人時特意不聘用女性或者孕婦，各種歧視無處不在，使人與人之間的矛盾日益加劇。歧視別人的人，是覺得自己比較優秀，還是自視過高呢？被排斥一點兒也不好受，將心比己，把別人當人看待，自己才配做一個人。與其花時間用仇恨築起高牆，不如好好學習怎樣多愛一個人。

一元贈言：

他們畫一個圈將我排除，我們畫一個圈把他們帶進來。愛人如己很難，但是起碼不要排斥異己。

主題樂園「夢幻世界」的聖誕裝飾。

一張舉足輕重的二十元澳幣

生命中不能承受的感動往往來自一些微不足道的付出，卻教人記住一輩子。

有一天，沒有工作又不想待在家中百無聊賴，便搭車到黃金海岸的Helensvale，在商場外找個位置，放下捐款箱，準備要太極賣藝。

要了一會兒，陸陸續續有人投錢到箱裡，我便更賣力表演踢腿，讓大家覺得值回票價。突然，有一個穿著制服的清潔男工人拿著掃把和垃圾鏟，走向距離我一米前方的捐款箱，把一張二十元澳幣投進箱裡，然後抬頭對我微笑。我當下愣了，怎麼可能會有人給我二十元澳幣呢？相等於差不多一百多元港幣啊！通常路人都只投一些零錢，一張二十元澳紙幣對我來說實在是史無前例。為了保持專業的姿態，我就繼續表演，只是難以壓抑心中的激動，腦海裡一直問自己：「會不會我看錯了？他只是一個清潔工人，工資不多，怎麼會給我那麼多錢？」

一個小時表演結束後，我走到一旁倒出捐款箱裡的錢，果然有一張二十元澳幣。我沒有眼花，那個清潔工人真的投了二十元澳幣！拿著那張紙幣，內心漸漸湧出一股暖流，雙眼也熱淚盈眶了。按當時的最低工資來說，二十元澳幣差不多等於他一個小時的工資，我的表演有那麼高水準嗎？他竟然願意把辛苦賺來的時薪捐獻給我，實在是太給力支持了！不過，或許二十元澳幣是他剛才在掃地時撿回來，才借花敬佛捐給我。可是，就算是撿回來也可以放進自己的口袋，多賺一個小時的工資不好嗎？凝望著手中的紙幣良久，覺得它特別有重量。

有些人說越富有的人越吝嗇，越貧窮的人越大方。那張二十元澳幣或許是這句話的一個注釋。最近在希臘旅行，看到一個背著背包的中年漢默默地站在一家薄餅店旁邊看著路人買薄餅，站了有十幾分鐘了。一個穿著拖鞋的年輕男人路過，就問他是不是想吃薄餅。他一點頭，男子就從褲袋裡掏出一歐元，還貼心地問中年漢要選哪種口味，然後把薄餅塞到他的手裡。只見中年漢拿著熱乎乎的薄餅，歡喜地一邊走一邊咬一口，就像小孩子得到父母的愛似的，看著既心酸又窩心。相信有錢人很少會在街上的小店買薄餅吃吧！那個年輕男人也就是一個普通人，卻能無條件幫助一個陌生人，實在難得。雖然一歐元不是很多，但是對中年漢來說，那已經超出一歐元的價值了。

世界上有很多人就算是互不相識，也願意伸出援手，幫助有需要的人。基層的人或許擁有的東西很少，但是他們卻不會吝嗇付出所有。生命的影響力往往就是來自平凡中一份無私付出的傳承。不知道捐二十元澳幣對清潔工的意義有多大，我只知道那將成為我愛人如己的動力。自此以後，每次看到其他街頭賣藝者在努力地表演時，我都會捐款支持。錢多錢少不是重點，起碼是對他們演出的一種肯定。也許我們能力有限，但能幫多少就幫多少吧！地上的財寶永遠帶不走，心靈的富足更能使一個人快樂，能付出也是一種福氣。

二十元澳幣的價值不只是一個數字，而是承載了一個生命的溫度和重量。

一元贈言：

每個人都懂得花錢，
但不是每個人都懂得怎樣把錢花得更有價值。

紅色的二十元澳幣是清潔工人的捐款。

終於，我在澳洲當記者了

一個讀中文系的人，卻無法對自己的文字有信心。如果沒有誤打誤撞地在黃金海岸當記者，我敢說我現在不會成為一個旅遊網誌作者，而這本書也不可能面世。

剛搬到黃金海岸時沒有工作，便上網瀏覽台灣人常用的背包論壇看看有什麼機遇。瞧到一則廣告寫著招聘旅遊作家，立刻雙眼發光。沒有固定工時和地點，能在澳洲一邊遊玩一邊寫旅遊書，這簡直是為我量身定做的工作啊！雖然有猶豫自己能否勝任，但是也抱著姑且一試的心態。不但絞盡腦汁構思旅遊書的大綱，而且還附上自己的網誌鏈結發給編輯。幾天後總編回我電郵，告知要聘請的是報社的旅遊版寫手，而不是寫旅遊書。原來是一場美麗的誤會！

張總編之後打電話跟我詳細介紹工作的內容。她娓娓道來：「我們是開恩茲一家台灣人開的報社，剛開辦一份新的免費報紙，每兩周出版一次，對象是昆士蘭的市民，現在聘請編輯和記者專寫旅遊的文章。我看過你的部落客，很喜歡你的文字。即使你沒有當記者的經驗，也可以給你一試。」

我一聽到要當記者，有點難以置信，激動得在心中咆哮了幾下！做記者是我夢寐以求的工作，沒想到居然能在澳洲圓夢。

興奮過後，我稍為冷靜下來，輕聲地問：「請問當記者是要到你們辦公室上班嗎？」

張總編耐心地解釋道：「當記者只要自己找專題，定期交稿就行了。要不你可以考慮當編輯，我對你的文字有信心，將來有機會可以擔保你繼續留在澳洲工作。不過，做編輯就要到我們辦公室上班了。」她希望我能當編輯，但是也給時間我考慮。

這也太吸引人了吧！得到澳洲僱主擔保的工作簽證就等於可以長期留在澳洲發展，算是移民的一個途徑，這不就是很多背包客朝思暮想的待遇嗎？突然，一條美好的人生大道不費吹灰之力就為我鋪在前方。可是，一想到我來澳洲是為了重新認識自己。如果到報社上班，每天只是坐在一個位置上營營役役，那跟在香港的辦公室上班有什麼分別呢？想到這裡，心中已經有了答案，隔天就打電話回覆她我的選擇了。

張總編給我專寫打工度假的版面，由我自主構思題目、拍照和撰寫內容。由於我沒有採訪經驗，唯有盡量從自身背包客的經驗去構想文章主題，總編過目同意後就急不及待動筆了。

我總共寫了四篇文章，最後刊登了三篇，主要介紹背包客省錢大計、聖誕節的好去處、各主題樂園的門票優惠攻略和半天窮遊布里斯本的方法。其中聖誕節的好去處一文是意外之作。臨近聖誕，合租屋房東 Hazel 開車載我去 Upper Coomera 看民居聖誕裝飾。原來每年黃金海岸會有一個住宅聖誕燈飾比賽，每家每户都使出渾身解數把房子打扮得華麗奪目，吸引很多人來參觀。在靜謐的夜空下，兩排房子掛滿五顏六色的聖誕燈球，有些門口的聖誕樹比房子還要高，在黑暗中閃閃發光；有些花園放了聖誕老人和雪人燈飾，顯得可愛迷人；有些房子從屋頂到地下全是吊飾，像一座皇宮一樣。最令我目瞪口呆的是一家門口播著聖誕音樂，花朵蘑菇燈飾隨著音樂的節奏而閃爍，翩翩起舞。沒想到有人會花盡心思把自己的家變成一個聖誕舞池，實在太不可思議了！只可以說澳洲人太愛聖誕節了，把一年的所有心力都放在佈置燈飾上。巡迴完這場聖誕燈飾「展覽」，猶如置身童話世界，那種視覺的震撼令我讚歎不已，突然想寫一篇稿子介紹聖誕燈飾比賽。本來準備好先刊登半天窮遊布里斯本的方法，徵求總編的同意後，馬上連夜趕稿寫了聖誕節的好去處，趕在下一期刊登，以免過了聖誕節就失去意義。

當記者後，發現自由構思專題和撰寫自己想表達的內容是那麼過癮的事。不知不覺，我愛上這份工作，腦海常常會冒出一些主題，也想找機會去採訪一些打工度假的背包客。不過，好景不常。有一天，總編打電話要求我要註冊一個公司稅號，這樣報社才能轉賬給我，當中牽涉一些稅務問題。我只是來打工度假，還要搞什麼註冊公司，不是太複雜了吧！由於找不到其他解決方法，我的記者生涯就這樣落幕了。

雖然當記者的生涯只是短短兩個月，但是報社願意把一個毫無傳媒工作經驗、寂寂無名的背包客文章刊登出來，實在是對我文字最大的肯定和鼓勵。看到第一篇文章佔用全版，自己的頭像旁邊寫著「特約記者」四字，淚水不自覺地奪眶而出，完全不敢相信我的人生居然出現記者這個身份，那份心中的感動非筆墨可以形容。大學畢業後，曾經在香港申請多家出版社、報社、雜誌的編輯和記者，皆杳無音訊，使我懷疑自己的能力有問題，一早就對這個幻想過的身份死心了。想不到居然在澳洲做了記者，算是一償我的心願。感謝總編願意冒險給一個零經驗的背包客執筆寫稿，讓我的文字在澳洲的報紙上留下永不磨滅的印記。

雖然我是讀中文系，但是一直以來都覺得自己的文字難登大雅之堂，寫出來只會貽笑大方。讀大學時更自覺一點都不像中文系的學生，連說個成語都吞吞吐吐，真的沒臉見人。人們心目中，讀中文系理應能出口成文和精通寫作，而我則語言無味，所以畢業後盡量不透露自己的專業，以免破壞中文系的形象。當上帝關了一扇門，必打開另一扇窗。在香港沒機會做的工作，卻在澳洲無心插柳做了。懷疑、掙扎、猶豫後，我選擇了相信自己的文字。我不會用畫畫、音樂、拍影片來表達自己，文字是我的唯一朋友。總編輯一句「我對你的文字有信心」，令我重新抬起頭來。努力寫了幾篇文章後，我找回昔日遺失已久的文字味道，還有那種與文字相知相惜的情感。文字對我不離不棄，它喚醒我重新擁抱過去那個喜歡看著散文、抄下作家華麗辭藻的小女孩。

想當記者，用好奇的心發掘世界的人與故事，用文字記錄瞬間的片段，呈現在讀者面前。在黃金海岸，我踏出了第一步，做了一份最喜愛的工作，享受了一段與文字共處的時光，重拾對文字的熱情。回到香港，我做了旅遊網誌作者，繼續用文字記錄旅途上的每一個生命故事、每一道美麗風景、每一刻真實感受，找回文字的溫度。現在我敢說：我是讀中文系的！我不怕別人取笑我的文字不到家，只怕失去寫文章的勇氣。在我死之前，就讓我一直寫下去吧！

在看我文字的你，有些東西是你遺忘良久，想做又一直不敢做的嗎？如果那是你所喜歡的，就算已經塵封了，也要把它拿出來擦一擦，或許你會重新愛上它！

一元贈言：

你永遠不知道自己可以走多遠，但至少你要有走出第一步的勇氣。

中文先鋒報 Mandarin Herald　打工度假　Friday 4.Dec.2015　17

逍遙遊澳洲省錢有招

掌握四大法則　省您荷包

很多人都說澳洲的物價和車費都貴得要命，有時候真的要絞盡腦汁省錢才能持續遊玩下去。
不想讓一早計劃好的多姿多彩行程
因缺錢而失望而回，大家可以試試參考以下四種旅行省錢貼士：

衣　食　住　行

衣：買二手服飾

澳洲人很重視環保，所以很多東西都會循環再用，衣服是一個最常見的例子。在昆士蘭州的不同城市和區域都會有二手店，通常會叫OP Shop，裡面有各式各樣的衣服、首飾、書籍、家具、電子用品、音樂和電影光碟等，只要你用心在裡面尋寶，很大機會可以找到你想要的東西。二手店的衣服價格最便宜的從1元起，通常都在15元以下，視乎衣服的新舊和品牌而定。筆者曾經在二手店買了一件襯衫，只是6元而已，而在百貨公司相似的襯衫就要30元，真的便宜多了。對於想在澳洲長途旅行或者打工度假的背包客來說，二手店是一個為你們省錢的好去處。在買新衣服之前，不妨逛逛二手店，說不定會得到意想不到的收穫。

以下是昆士蘭州一些常見的二手店：
Vinnes—
https://www.vinnies.org.au/shops
Salvos—
http://salvos.org.au/get-involved/shop-with-us/
Lifeline Shop—
http://uccommunity.org.au/lifeline-shops
大家可以在網上輸入你們所在的區域或者郵遞區號，就可以找到你們附近的二手店了！

食：搖搖Hungry Jack's

背包客如果想每天都在外用餐，要不你就是抱有千金散盡還復來的思想，要不你就是帶了幾袋黃金來澳洲旅遊的。在一般餐廳用餐動輒就是10元以上，就算是快餐店一個餐也要5元以上，很多背包客都會望而生畏，最後選擇到超市買菜自己煮飯。想偶爾吃吃快餐，又想省錢，只要你有智能手機，就可以下載澳洲大型連鎖快餐店Hungry　Jack's免費或優惠食物的應用程式"Hungry Jack's Shake & Win App"，當你在任一Hungry Jack's 1公里內，點選「Check-In & Win」，搖一搖就有機會搖到免費或有折扣的食物，包括漢堡包、薯條、可樂等，可以為你省了一頓飯的錢，也可以解一時的口癮。不過要注意每次搖完後要隔12個小時才能再搖，中獎後也要在二十分鐘內兌換，所以最好在店的附近才搖，以免浪費一次優惠了。

住：給自己一個沙發旅行的機會

一般旅客都會選擇住在酒店或青年旅館，長住的背包客就會找合租房屋，相對會比住在旅館便宜一點。想省租金又想和當地人多交流的朋友，不妨試試用"Couchsurfing"（中文：沙發旅行）的方式住在澳洲人家裡，相信會有另一番體會的。

couchsurfing

"Couchsurfing"　的目的是為了幫助旅行者與當地人建立聯繫的一個國際性非盈利網路。旅客可以在該網站搜索目的地的屋主，介紹自己和詢問可以入住的時間，對方同意後就可以免費住在屋主的家裡。一般來說，屋主會提供沙發供旅客居住，幸運的旅客有時候可以有自己的房間，視乎不同住宿情況而定。"Couchsurfing"可以讓旅客真正體驗當地人的日常生活習慣，通過雙方的交流了解不同的文化和思想。筆者曾經在布里斯班做過2次沙發客，不但提升了英文說話能力，更對社區的發展有新的看法。省錢之餘，也是一個很直接融入當地生活的途徑。

溫馨提示：大家畢竟不認識"Couchsurfing"網站的屋主，所以要注意安全。女士可以盡量找女屋主或夫婦家庭。沙發客會在離開後留下評價給屋主，大家也可以參考前人的評價以作篩選。

行：Go Card 九次後免費搭

昆士蘭州交通付費方式主要以Go Card為主，使用範圍以布里斯本為中心遍及昆士蘭州的七大區域。服務的項目涵蓋公車（Bus）、渡船（Ferry和Citycat）、火車和機場快線等。很多人都知道用Go Card比直接買紙本單程票便宜30%，但是大家知道它還有乘搭第10次開始免費的優惠嗎？從每週一算起，只要在當週使用9次Go Card，第10次開始就可以免費使用，但要注意不包括機場快線。如果你是住在布里斯本市區，想週末到黃金海岸或者很遠的郊區旅行，那麼只要之前用了9次，就可以免費坐交通工具到偏遠的地方遊玩，為你的旅途省了一筆昂貴的交通費。如果你頭兩天已經用了9次，那麼接下來的5天你就可以免費暢遊昆士蘭州了。旅客可以好好計劃一周的行程，然後充分發揮Go Card的省錢大計。

特約記者
採訪報導

（本文為旅遊特約記者個人體驗，非代表本報立場）

第一篇刊登在澳洲報紙的文章。

匆匆「普」教歲月

剛搬到黃金海岸，一邊哀悼被主題樂園「夢幻世界」拒絕取錄，一邊煩惱著又要大海撈針找工作了。一天，合租屋的房東Mark看到我對著電腦悶悶不樂，知道我失業的難處，便用過來人身份說：「與其等工作來找你，不如自己創造工作機會。」那句話頓時一言驚醒夢中人。我一直只會搜尋工作平臺的職位空缺，何不列出自己的強項和工作經驗，反客為主，讓別人來找我呢？教外國人普通話是我一直很想嘗試的工作，於是立刻在澳洲人常用的網上平臺Gumtree登廣告自薦教普通話，希望覓得一官半職。沒想到後來真的「應驗」了。

一、三個小孩學普通話

首先聯絡我的是一位華裔女醫生KK，她在昆士蘭出生，育有一兒兩女，分別是四、六和八歲。她的父母是香港人，從小就請老師教她中文，長大後覺得很有用，所以也希望三個孩子從小開始學中文。KK叮囑我要用有趣的方法教普通話，傳統教學在三隻「猴子」身上是不管用的。

人生第一次要用英文來教普通話，還要一對三，的確是一大挑戰。為了迎戰這三個屁股只有三分鐘貼著椅子的小孩，我每次都絞盡腦汁花兩三個小時來設計教材。每次去他們家，不到十五分鐘就要用盡威逼利誘的方法去控制三隻「猴子」的瘋狂，一點兒也不容易。一小時的課堂轉眼就過，要他們記得字詞的發音和句子的用法，只能用重複法慢慢植入他們的腦袋。通常每節課會有一個主題，跟他們玩幾個遊戲，寓學習於遊戲。

有一次我想搞搞新意思，就帶他們去沙灘。我準備了幾張紙條，裡面寫了不同的任務，每個人要輪流抽出一張紙條，然後完成任務。其中六歲的弟弟抽中的紙條寫著：「問一個沙灘上的人喜歡什麼顏色，再用普通話教他讀那種顏色。」這個遊戲的設計原意就是要讓他們學以致用，並且嘗試與陌生人交談。本來以為他們平時那麼好動，隨便找個人問是小菜一碟，但是事與願違。弟弟看著那張紙條愣了幾秒，不敢找人問。我在旁邊說：「弟弟，不用害怕！我陪你去問那個姐姐，好不好？只要問她喜歡什麼顏色，很簡單的！來，我們一起過去好嗎？」他看著那兩個坐著聊天的女生，還是不敢邁開腳步。我就再鼓勵他男孩子不要害羞，問一個問題很快的。最後就拉著他的手，慢慢走向那兩個女生身邊。我先跟她們說明一下小孩在學普通話，需要問她們一個問題。她們同意了，我就鼓勵弟弟問問題。弟弟還是開不了口，女生微笑地等他問，最後他終於鼓起勇氣低聲問了。

一個女生溫柔地回答：「紅色。」

我問弟弟：「紅色的普通話怎麼說？」

他說了後，我就叫他再教兩個女生說一遍。只見他含羞答答地張開口說：「hong se」，兩個姐姐就笑著跟他讀一遍「hong se」。

我拍拍掌，用英文興奮地說：「非常好！」兩個女生笑作一團，我道謝後便帶弟弟走開了。雖然看得出弟弟很害怕接觸陌生人，但是他也戰戰兢兢地完成了任務。反而對著八歲的大姐姐又哄又騙，她還是不敢去問陌生人問題。看來，弟弟算是最勇敢的了。

那個沙灘户外實驗活動的出現是一個新嘗試。我以為外國小孩比較容易跟陌生人溝通，所以大膽設計互動環節。沒想到他們那麼抗拒接觸陌生人，看來小孩始終是小孩，還是要看個人性格。

雖然只是短短一個月的教學，但是教外國小孩考驗我的創意，改變我的思維方式，打破我傳統的教學模式。我看到自己的可能性和彈性，小孩喜歡多元化活動，從遊戲和活動學習才能提高他們的興趣。想到小時候上英文課老師都是唸一下英文字，自己跟著讀，把大概的發音寫在旁邊，然後就是一堆抄書默書，在死記硬背的情況下學習語言，枯燥乏味。一個填鴨式教育下產生的人卻在外國教小孩普通話，是有點可笑！不過，我跳出了舊有的學習框架，令三隻「猴子」愉快學習，已經是對那個媽媽最好的交代了。

二、成年學生V

V是一個四十多歲在紐西蘭出生的柬埔寨裔男士，之前學過普通話，想繼續深造，看到廣告就聯繫我了。他住得比較遠，溝通過後就決定來我租住的地方上課，畢竟有車的人在澳洲去哪兒都方便。

以前試過教一個被公司派駐到香港工作的日本人說廣東話，心想教外國成人普通話應該也差不多，就簡單地準備了一個主題的詞語表和設計了人物對話，讓他由淺入深學習。

上第一節課時，我讀一遍，他跟著讀一遍。之後叫他自己讀一遍，他竟然記得全部詞語的發音。二十個詞語，不消半小時就琅琅上口，看來我遇到語言高手了！剩下的人物對話他用十五分鐘就熟讀了。那一刻，我手上準備的材料都教完了，暗感不妙，只好臨時想一些遊戲要他配對詞語的拼音，才能把最後十五分鐘撐過去。他學過拼音，語言根基很扎實，學起來輕鬆自如。因此，第二次上課時我嚴陣以待，準備大量詞語和句子來應付這位優秀的學生，才不至於狼狽不堪。當一個別具語言天分的學生在學習時，我也在學習怎樣調整教案的程度，也更認真對待教學。

後來，我要搬去墨爾本，就結束了這段短暫的師生關係了。

教外國人普通話的生涯雖然只維持了兩個月左右，卻是那一年最有滿足感的工作。所有教學內容和方式均由自己主導，學生的年齡層橫跨幅度大，一手一腳設計兩套截然不同的教材，對從未教過普通話的我來說，是一大挑戰，也是一大成就。如果那天沒有主動登廣告，奇跡就不會出現。試過了，才知道自己是否適合做。凡事只是空想，什麼都不做，那想法永遠只是一個想法。人生如白駒過隙，如果只守株待兔，恐怕等一輩子那隻兔都不會出現。在澳洲一年，我在人生字典中剔除一個字：等。想去哪裡就去，想做什麼就做，想說什麼就說，有些事情錯過了就沒了，時間不等人。為什麼要等到退休才做自己喜歡做的事呢？要過得快樂，就要活在當下，也要活出自己。認識自己的長處，化被動為主動，或許會得到意想不到的結果。

一元贈言：

做你所愛的，愛你所做的。

成也教育，敗也教育

世界上沒有一套固定的教育方式能套用在各小孩身上，因為他們都是獨一無二的。不過從小孩學習過程是否愉快投入，我們卻能了解該套教育方式是否適合他們。在黃金海岸跟當地小孩住過，也看到家長怎樣教小孩，我明白香港的小孩贏在起跑線的背後失去了什麼。

合租屋房東 Hazel 的兒子 Kaleb 正在讀 Grade 5，等於香港小學五年級。每天放學只有一兩項功課，做完後就在家看電影、看書，或者玩電腦遊戲，沒什麼讀書壓力。Hazel 教他自己起床弄早餐，並準備食物帶回學校作午餐。他也會幫媽媽做簡單的家務，洗衣、晾衣、掃地通通都會。有一次，我一打開後花園的門，就看到一條蛇在草地上曬日光浴，嚇到我大聲尖叫，馬上把門關上。Kaleb 聞聲而至，我顫抖地說：「蛇……外面有蛇！」他一看，就跑到廚房拿出一支掃把。Hazel 一聽到我高呼有蛇，害怕得跳上沙發，我見狀也跟著跳到沙發上。只見 Kaleb 手持掃把毫不畏懼地打開門，巡視四周每個角落，用掃把在地下敲幾聲，然後大聲叫：「牠不見了！我看過，牠應該走了，出來吧！」我和 Hazel 小心翼翼地從沙發跳下，在門口探頭一望，不見蛇的蹤影，才放下心頭大石。本來 Hazel 打算到後花園晾衣服，但是猶有餘悸，就叫我和 Kaleb 出去晾。我跟 Kaleb 一起提著那籃子衣服，心裡還是害怕蛇藏在某個角落，就一邊走，一邊左顧右盼。Kaleb 看到我那麼慌張，便鎮定地說：「不用怕！蛇已經走了！就算牠再出來，我有掃把，只要在地上敲，牠就會怕得逃之夭夭，不用擔心！」陽光照射下，那個男孩一點兒也不像十歲小孩，怎麼會變成一個小孩來保護大人呢？活了二十九年，卻不知道怎麼對付一條蛇。讀了那麼多書卻連基本的求生技能都不會，反而澳洲的小孩已經懂得怎麼處理，還臨危不亂安慰我。當下慚愧得低下頭來，默默地晾衣服了。

有一天，我在黃金海岸的 Coolangatta 海灘看到岸邊有一塊巨大的方形大石，中間挖空了一個大洞給人泡水。一個看上去只有六七歲的男孩嚷著爸爸要去那塊石頭玩水，他一口答應。兩父子在石洞裡一時潑水，一時爸爸把孩子舉高又放下，還讓小孩站在洞邊迎接巨浪的拍打，玩個不亦樂乎。海水波濤洶湧地拍打那塊巨岩，激起幾米高浪，我遠遠看著都覺得膽戰心驚，而那個爸爸則在孩子身邊陪伴著，給孩子體驗大海的威力。如果那個情景發生在香港，我百分百肯定家長一定不會讓小孩靠近那塊大石頭，還要語重心長地解釋那裡有多危險，以免小孩自己跑去玩一些他們認為危險的活動。

澳洲家長從小開始訓練小孩的獨立能力，給他們較多空間去嘗試接觸新事物，就算跌倒也要自己爬起來，所以小孩自小就有一定的自理能力。相反，華人社會的家長一般會較保護自己的小孩，很多事情都會幫小孩處理好，以免他們受傷。家庭的教育對孩子的成長影響很大，父母保護孩子是毋庸置疑的，但是過度保護而產生一些公主、王子就要重新思考該教育方式是否需要調整了。香港有很多高學歷和高智商的人才，但是高分低能的人好像也大有人在。有些大人連蜜瓜和哈密瓜也搞不清，鴨鵝混為一談，更莫說要分辨哪類蛇有毒了。我們從小就專注在書本上的知識和考試的考核內容，被填鴨式的教育訓練成一台考試機器，卻很少花時間學習生活常識。聽說有些香港小孩居然不知道橙本身是有皮的，因為傭人已經把皮剝好了，他吃的時候已經沒有皮了，實在令人擔心將來會鬧出什麼國際笑話來。

現今香港的小孩都要贏在起跑線。從幼稚園開始就有功課，小學生放學後除了要應付繁重的功課，也要參加一連串的課外活動，有些還要上補習班，每天朝七晚十一，比大人還忙。就算放假也要學這學那，反正就是不把行程填滿就好像浪費了青春似的。整個社會都營造到考試拿不到高分數，就代表讀不了書；讀不了大學，就找不到好工作。家長為了讓自己的小孩贏在起跑線，懷胎就開始為小孩計劃「美好人生」。一出生的生涯規劃就是讀書考到好成績，進到大學，找到一份好工作，人生就美好了。可是，在這幅美麗的圖畫出現之前，小孩付出了多少代價呢？老師終日忙於改功課、備課、趕課程、帶課外活動；家長終日搜尋不同的課外活動、煩惱怎樣提高自己小孩的競爭能力；孩子終日忙著一堆功課和趕著出席課外活動，失去玩樂和休息時間，斷送了快樂的童年。長期下來，不是三敗俱傷嗎？

過去十年，香港的青少年自殺率有明顯的升幅，當中不乏受學業壓力和情緒困擾而輕生。學生成長要面對的壓力越來越大，他們可能連跟別人傾訴的時間也沒有，是什麼驅使他們在這個青春無敵、生命最璀璨的時刻選擇結束寶貴的生命呢？有多少人會在孩子情緒出現問題時關心他們嗎？還是只關心他們的成績呢？大部分人跟學生的對話都是「你讀書成績如何？」「要努力讀書呀！不要沉迷電腦遊戲呀！」有多少人會問「你今天開心嗎？」、「你讀書有壓力嗎？」、「你喜歡讀書嗎？」、「你有想過怎樣發展你的興趣嗎？」如果我們多關心學生的心智發展，多聆聽他們的需要，多給予時間和空間他們去探索自己，那麼結果會不會有點不同呢？

澳洲的教育方式不一定適用於華人社會，相反亦然。但是從孩子是否享受學習，是否喜歡上學，是否可以愉快成長，就可以知道那種教育方式是否適合他們。教育方式用錯了，就成為孩子的地獄。當吸取知識的過程變成是小孩的負擔，甚至是造成過多的壓力，他們還能投入學習嗎？還能勇於在學習中尋找自己的興趣和樂趣嗎？當讀書只淪為求分數和考核的競爭工具時，那個只是功利的教育方式，而失去了教育的真正意義。無疑，隨著時代的迅速變遷和社會的競爭越來越激烈，家長會投放更多資源在孩子身上，希望他們文武雙全、多才多藝，提高自己的競爭能力。不過，試問家長每天會花多少時間與小孩溝通，深入了解他們的內在想法和心事呢？多少人會耐心教導他們正確的價值觀？當我們一而再，再而三聽到有教師因工作壓力而自殺，有學生因學業壓力而輕生，不禁要問現行的教育制度是否有問題？究竟要用多少條性命才能喚醒人們對教育方式的覺醒呢？為什麼讀書卻要付出如此沉重的代價？我們是在教育下一代，還是給下一代地獄呢？

我是香港傳統教育出來的產物，在填鴨式的教育中已經麻木地讀書去應付各種考試。升中試、會考、高考等一個個關卡擺在面前，只知道跨得過就能繼續走，卻從來沒有問過自己為什麼要跟著這個制度走。忙碌的生命中好像沒有遇到誰會問你：「你想要怎樣的人生？」因為大家都是在走一樣的路，何須思考？在香港，大學證書好像是一張社會的入場券，學生窮一生的精力都是為了拿到這張門券。我也是照著這樣的計劃一路走來。可是，制度是死的，人是活的。為什麼我沒有想過偏離軌道呢？在填鴨式教育制度下，我缺少了獨立思考的能力，也不太懂得反思自己的生命，所以只會跟著社會的「康莊大道」走。如果成長的過程中，多一些生命教育，我還會是現在的我嗎？真正的教育是開拓學生的世界，而不是限制他們的可能性。可惜，在香港現實的都市生活裡，似乎「求學只是求分數」才是唯一的出路。

一元贈言：

學習知識不應該止於得到進入社會的門票，學做人則不應始於踏進社會的門檻。

黃金海岸一位父親陪著孩子體驗巨浪拍岸的威力。

消失的月經

在墨爾本的日本餐廳工作時去廁所，看到底褲上有一小片血跡，我感動到傻傻地看著它一分鐘，說了聲：「你回來了！」。消失了四個月的月經終於重投我的懷抱了！人生第一次那麼喜歡這個朋友，簡直想親它一個！人總是犯賤的，有些東西失去了，才懂得珍惜。

十一月底，平時月經要來的日子，卻不見它的蹤影。以前也試過遲到幾天，就沒放在心上了。再過了一星期後，它仍未出現，有點不對勁，消失了一整個月，那是史無前例的。究竟怎麼了？整個十一月忙著找地方住，短時間內搬了兩次家，且為找不到工作而擔憂，不知不覺累積了壓力，身心俱疲。一個人在外地，什麼都要靠自己，太多事情同時發生也只能自己想辦法解決，有時候就算不知道怎麼做也得硬著頭皮處理。所以說，人離鄉賤。在奔波勞碌的十一月，它選擇不來打擾我了。

十二月偶爾到「夢幻世界」上班，時間一天一天悄悄地流逝，它身在何方呢？我苦苦地守候，卻還是得不到一點消息。它，不喜歡我了嗎？不再來找我了嗎？平時都不會那麼想念它，但是那麼久不見，開始想念它陪伴的日子。

一月，新一年新開始，可是它沒有在新一年來拜年。靜觀其變久了，開始焦急了，於是到處打聽其他背包客有沒有出現過類似情況。朋友甲告訴我她自從來澳洲後月經的量偏少，而且幾天就沒了，認為跟南半球的天氣有關。朋友乙說自己試過一個月沒來月經，後來也正常了，可能是身體還沒適應澳洲的環境吧。朋友丙說身邊也有朋友來澳洲後月經變得不正常，那是壓力和飲食的問題。聽她們說完後，才知道那麼多背包客也有月經失調的問題，自己沒有來月經好像也沒什麼大不了。不過，已經兩個多月沒來，忐忑不安揮之不去。可恨的是我越擔心，它就越不來。

一天，我上網搜索月經不來的原因和解決方法，發現幾個月不來可能會引致閉經。我一看到閉經一詞，停住了呼吸。這可不是說笑啊！我才二十九歲，那麼早就閉經，豈不是等於更年期？雖然我不打算生孩子，但是也不要那麼快就幫我更年吧！當下晴天霹靂，猶如被判了死刑一樣。關了電腦的那一刻，我欲哭無淚。怎麼辦？有什麼方法可以把它請出來呢？

我苦思不得其果，便把這件事告訴房東 Hazel，希望她有秘方可以打救我。Hazel 聽完後，先安撫我要凡事放鬆心情，不要太害怕，她會幫我問朋友的。隔了一天，她就雀躍地說會幫我到超市買一瓶補鐵保健品，月經不來可能是因為我身體缺鐵，需要補充大量鐵質。我聽完也不明所以，但是那個時候什麼方法都要試了。喝了一星期，好像沒什麼效果。每天去廁所期待它的來臨，卻仍無影無蹤。日子一天一天地過去，我的心越來越緊繃。就算 Hazel 怎麼開導我，我還是很害怕。以前那麼討厭它每個月來訪，曾經想過如果它以後不來就省卻很多麻煩了。現在三催四請它也不來，多麼後悔當初的無知啊！

既然外國的方法不管用，就用中國的偏方吧！紅棗水可以補血，每天喝一碗應該可以催經吧！普通超市沒有賣這些食材，便特地跑去亞洲超市，買了一大包紅棗和冰糖，準備每天煮一碗紅棗水來喝。無論那天多累，我都會煮紅棗水。持續喝了一個多月，可是，它就是那麼倔強，怎樣都不來。那時候，好像走投無路，做什麼都無補於事，也不知道還可以做什麼。

如非必要，我都不想在澳洲看醫生，畢竟外國人的收費十分昂貴。不過，只要醫生開個藥方，我就可以在當地買些藥吃調理一下。於是，我在一月中去診所看醫生了。可是醫生要我先抽血看看才開藥方。抽一次血就五百元澳幣，我聽到那個價格整個人就怔住了。結果藥方拿不到，只好繼續等它回來。

搬到墨爾本後，每天去不同的餐廳上班，倒不在意它來不來，漸漸地習慣沒有它在身邊的日子。沒想到就在我不以為意的時候，它就來見我了！從十一月到二月底，它足足消失了四個月，那也太久了吧！不過，遲來總比不來好！我恨不得它天天來呢！不知道是不是太久沒來見我，一來就決堤了，使我招架不住。不過，我不會再說它什麼了，它想怎樣就怎樣吧！只要它不要再突然消失就好了。人生中，還是第一次那麼珍惜一個麻煩的朋友。那一刻，有它多好！

每個人在遇到壓力時，身體都會有不同的反應。出痘痘、暴瘦、失眠、心煩氣躁等，而我的月經就姍姍來遲。身體是心理最好的寫照，所以在身體出現毛病時，或許要了解自己的情緒和壓力。消失的月經，使我察覺到當時一次過處理大量的事情，有點超過我的壓力指數，也沒有花時間好好調整自己。它的不出現，是警示，也是一件好事。那次的體驗後，感恩它沒有再跟我玩捉迷藏了。現在，我每個月都期待它的來臨，失而復得，就要珍而重之。

一元贈言：

不是所有東西都可以失而復得，
愛自己由傾聽身體的聲音開始。

深深存在我腦海裡的單親媽媽——Hazel

在澳洲一年，有四分之一時間是和一對母子同住，也是我人生中第一次和外國人同一屋簷下最長的歲月。我們來自不同的國度，卻相處融洽得像一家人似的。離開澳洲後，我無法忘記那段同甘共苦的日子，也無法忘記那個在我心中勇敢堅強的單親媽媽Hazel。

從布里斯本搬到黃金海岸一星期後，實在受不了那個和亂葬崗無差別的合租房。四個房間分別租給兩男兩女，廚房和浴室是共用的。廚房的杯碗碟疊了一個星期還是沒有人洗，地板髒了只有我擦，加上食物被室友偷吃了，氣得我想馬上搬走。沒多久，在網上找到一個附近的單位，只是租金超出我的預算。由於搬屋心切，什麼都不管就先約時間去看看房子再說吧。

「這個房間我覺得很不錯，不過我暫時沒有工作，如果租金調整為一百一十澳元一星期可以嗎？」我面有難色地問房東Hazel。她看著我哀求的眼神幾秒，就說：「好吧！」我以為講價只在華人社會才會見效，沒想到外國人也吃這一套。或者應該說是我很幸運遇到一個有同理心的好人吧！

Hazel是一個三十八歲的紐西蘭人，皮膚白皙，身形圓潤，一個人帶著十歲兒子Kaleb，租了Coomera的一套雙層房子。由於租金昂貴，她就再分租其中一間獨立房，減輕一下負擔。剛開始我會好奇男孩的父親在哪兒，不過想到外國人離婚是平常事，就沒有理會那麼多了。平常Hazel上班，Kaleb上學，我就自己待在家。晚上大家各自煮東西，也沒有太多交流。

住了幾天後，有一天我在布里斯本搭巴士時，收到主題樂園「夢幻世界」的取錄通知，回到家時沒有馬上告訴Hazel這個好消息，怕她知道我有工作會馬上加租。不過，這位媽媽似乎並不是那麼功利的人。有時候她晚上煮了沙拉，就給我吃一點。知道我沒有車，要出去採買食材都會帶上我。漸漸地，我開始對她放下了戒心。當我鼓起勇氣把樂園取錄的消息告訴她時，她不但沒有加我租，還替我高興。原來她以前申請過兩次「夢幻世界」的工作都不成功，我這個外地人卻有機會進去工作，算是萬幸了。看來之前我想太多，她並不像香港定期加租的包租婆，我也為自己以小人之心度君子之腹的行為慚愧不已。

尚有兩星期才到「夢幻世界」培訓日，我不想坐在家裡發白日夢，於是找了一份泰國餐廳的廚房助手工作。有一天我不用上班，Hazel早上就開始腰痛，看到她走路僵硬到像機械人一般，似乎是傷到神經了。那是我第一次看到Hazel眉頭深鎖，一句話也沒說的樣子。她中午堅持下廚煮飯給Kaleb吃，之後整個下午就躺在床上，動彈不得。晚上，Kaleb從二樓跑下來找我，慌張惶恐地說：「媽媽下不了床，你可以上去看看嗎？」我上去一看，Hazel躺在床上，緊皺著眉，手摸著腰，表情很痛苦，看上去比我想像中嚴重。Hazel不好意思地說：「我下不了床，煮不了飯，可以麻煩你煮一點東西給Kaleb吃嗎？」和她相處的日子裡，她凡事親力親為，是名副其實的女鐵人，如果不是到最後關頭，絕對不會請求別人。那時候，我知道她真的痛到無法逞強的地步了。平日隻手撐起半邊天的媽媽，也有軟弱的時候。那一刻，我什麼都幫不了她，唯一可以為她做的就是煮一頓飯。我的廚藝是有限公司，就簡單地煮了白飯，炒了一些椰菜。拿著兩碗飯菜到她房間時，只見她硬著頭皮爬起來連聲說謝謝，好像不好意思給我添麻煩了。Kaleb接過那碗飯，道謝後就坐在媽媽床邊狼吞虎嚥起來，一看就知道他餓壞了。Hazel叫兒子幫忙把枕頭墊高後，也開始吃了。她不想再麻煩我，就叫我先去忙。站在門口，看著他們兩母子吃飯的情景，我的鼻子酸溜溜的。

自從那頓飯後，我和Hazel之間好像產生了化學反應，變得像兩姐妹了。每天發生什麼事，她都會跟我分享，我也把在餐廳的「奴隸」工作跟她一一道來。有一晚，她拿出幾本以前在澳洲旅行的相冊，逐頁逐頁翻給我看，一個一個故事講給我聽。直到翻到一頁她跟一個男人合照時，就告訴我那段令她心痛的往事。

「那一年我二十七歲，在西澳珀斯北部一家旅館工作，而他是餐廳的廚師。我們一起住在旅館天臺的三房單位裡，後來我們發生了關係，我則意外地懷孕了。不過，我們沒有愛上對方，就沒有結婚，而他也不打算負上責任。再者，我不覺得他是一個好爸爸，所以就獨自養育Kaleb了。生了Kaleb後，他交了幾個女朋友。剛開始那幾年他偶爾會來看Kaleb，這幾年越來越少了，連孩子生日也不見蹤影……」

她一句句話道來，一幅幅單親媽媽一路辛苦走過來的畫面就在我眼前放映。人都喜歡報喜不報憂，特別在一個外國房客面前重提沾滿淚水的過去，更需要一份信任。她講了一個多小時後，我看到的不是一副可憐的樣子，卻是散發著一種經歷磨練而更堅強面對人生的氣息。為了孩子，她怎樣辛苦也會撐下去。那一夜，我好像重新認識了她，她的肩膀比我想像中重。有些事情已經發生了，憤怒懊惱傷心痛哭過後，生活還是要過，路還是要走，人生不就是這樣嗎？生命的成長就是要從身邊的人吸收養分，Hazel的出現使我明白真正剛強的人是會接受痛苦，再毫無保留地把苦與樂都分享給身邊的人。

十二月初，Hazel聽完我分享香港過聖誕無非看燈飾、聚餐、交換禮物之類的節目，覺得香港的聖誕節略為乏味，決定要送給我一個難忘的澳洲聖誕。聖誕是澳洲一年最大的節日，讓家人團聚、朋友相聚。當地人會用一整個月時間來準備過節，佈置聖誕樹、裝飾房子、買禮物、準備食材、安排聖誕派對等。雖然是炎炎夏日，沒有其他國家冬日過白色聖誕的傳統，但是四周都已經洋溢著濃厚的過節喜慶氣氛。剛好我在卡布丘草莓農場認識的台灣朋友Melody要來和我住幾天，Hazel就提出要教我們弄薑餅人，讓我們過一個不一樣的聖誕。

在Melody留宿的最後一晚，Hazel在我們面前示範了一次做法後，就叫我試試做。站在廚房，看著英文食譜，一堆不知名麵粉名稱和不同茶匙分量浮現眼前，頓覺頭昏腦脹。

「Hazel，我覺得好複雜，我做不了的！」我皺著眉、扁著嘴說。

「不複雜的，就幾個步驟。我們一步一步來，你可以做得到的！」Hazel微笑地鼓勵我。

她叫我先看一下食譜寫什麼，找出那材料，要多少克就倒在磅子上量度。我分不清哪種麵粉，她就耐心地教我看紙盒上的標籤，自然會分辨出來。在拌入水、糖漿、牛油到麵粉時，只要我一慌亂，她就溫柔地叫我慢慢來。最後，用模具倒出薑餅人放到焗爐，總算大功告成。當一盤棕色的薑餅人被烤出來時，我就像小孩買到玩具般雀躍起來。如果沒有Hazel一直從旁鼓勵，我不會擁有人生第一盤薑餅人。在香港，要我花那麼多時間去製作薑餅人，我寧願去買好了。不過，原來偶爾放下急速的步伐，停下來做一些耗時間的玩意也是一種生活的享受。我弄了一盤又一盤的薑餅人，Melody和Kaleb就幫他們畫上衣服和表情，一個個薑餅人就栩栩如生地出現了。

那一晚，兩個亞洲女生和一對紐西蘭母

我、Melody、Kaleb一起裝飾薑餅屋。

子就像是一家人，沉醉在薑餅人嬉笑玩樂的童真世界裡。獨樂樂不如眾樂樂，Hazel 總是願意把自己的快樂傳遞給身邊的人，那個聖誕我有預感一點兒也不會孤單。

Hazel 在聖誕節前兩周開始放假，過聖誕理應是樂事，但是對她來説卻是一個負擔。她生活拮据，工資扣掉租金和日常開支後，已經所剩無幾。每逢周末，兩母子就徜徉在軟綿綿的沙發上看電影，消磨時間之餘也節省外出的開支。那段時間我工作機會也不多，偶爾也跟著躺在沙發耍廢，反正不出門就沒有消費了。臨近聖誕，為了存點錢來過節，Hazel 開始在網上放帖子變賣家裡的東西，幾天後陸續有人來家取走 Kaleb 的舊校服和一袋袋 Lego。有一天，她更在家開聖誕卡手工工作坊，按人頭收費，教幾個婦女製作聖誕卡。逆境就要自強，Hazel 從不花時間去埋怨，卻會積極思考各種方法來解決問題。單親媽媽，總有一種能人所不能的魄力。但是如果有得選擇，誰願意獨自扛起一個家呢？看見她那麼堅毅不屈，突然覺得自己工作和生活不如意也沒什麼大不了。

不知不覺，聖誕節就在一輪悉心的燈飾佈置和瘋狂採買禮物後來到了。早上六點多，Kaleb 就把全部人叫醒，那是他最重要的時刻——拆聖誕禮物！Hazel 的兩個妹妹在除夕來了，我們四個大人一早的任務，就是睡眼惺忪地看著 Kaleb 坐在聖誕樹旁拆禮物。樹下有二十幾份禮物，Kaleb 左拆一份，右拆一份，偶爾轉身興奮地告訴我們那是誰送的。我也意外地收到兩份母子倆送給我的禮物。一個是樹熊茶濾器，一個是小玻璃吊飾，裡面裝了一棵聖誕樹。我則送了一本書給 Kaleb，一個腰封給 Hazel。Hazel 沒想到我偷偷地買禮物給她，感動到擁抱著我。在 Kaleb 拆完禮物後，Hazel 神秘兮兮地笑著對我說：「我們還有一份禮物送給你，不過要等一月才能收到。那就是……我們要帶你去 Currumbin Zoo！」之前聽 Kaleb 說他在那個動物園抱樹熊、餵袋鼠、摸蛇等，一直都很想去看澳洲的動物。望著 Hazel 真摯的眼神和鬼馬的聲音，喉嚨被一股暖流頂住，感動到說不出話來。從什麼時候開始，她那麼懂我？他們整個聖誕帶我周遊列「家」，參加各個聖誕派對，幾乎把我當作家裡的一份子，讓我盡情享受當地的聖誕聚會。到一月

我和 Kaleb 在動物園抱樹熊。

時，我收到那份約定的聖誕禮物。在 Currumbin 動物園裡，兩母子成為我的導遊，而我則成為了抱樹熊照片中的主角。那一年，我第一次一個人在外國過聖誕，兩母子兌現了承諾，送給我一個一輩子都不會忘記的聖誕。

二月初，我為了節省租金的開支，就找了一份住家保姆的工作，要搬去 Michelle 家幫忙照顧孩子。當我坐在沙發告訴 Hazel 要離開時，她明白我的想法，冷靜地說了聲 OK。空氣靜止了，兩個女人沒有再說什麼，因為這個家已經習慣了有兩個女人的味道。

做了十天保姆後，我決定南下到墨爾本繼續下半年的打工度假。一天，我打電話給 Hazel：「你可以在二月十七日早上載我去機場嗎？我會給你油費的。」Hazel 調皮地說：「當然可以，我最喜歡賺油費的了！」

那天早上，Hazel 開車載著穿著校服的 Kaleb 來到 Michelle 家，原來她打算送完我去機場再送 Kaleb 上學。小男孩本來可以晚點起床，但是為了見我最後一面，他寧願睡少一點。四十五分鐘的車程，我們很珍惜那最後的時光。Hazel 還是依舊講笑話，說自己怎樣從床上跳起來，拿著一杯咖啡就開車來載我。Kaleb 則坐在後座安靜地聽我們講話。到機場後，時間尚早，他們就先吃個早餐。等到要入閘時，我忍住淚水，牽強地微笑，先跟 Hazel 擁抱，說了聲謝謝。看著旁邊那個穿著校服可愛的小男孩，跟他一起打機、去沙灘、佈置聖誕樹等回憶飛快地在腦海閃過，他就是那麼惹人愛！跟 Kaleb 擁抱了一下，說了聲再見，我就拉著行李箱向前走了。走了幾步，回頭看到他們還在，我們都很捨不得對方，畢竟住在一起三個月了。為了不想耽誤 Kaleb 上學時間，我再一次揮手道別，獨自消失在人海。

有些人，即使分隔兩地，卻不會忘記。還記得 Hazel 取笑我：「還以為來了一個香港房客，可以煮一些中菜給我吃。怎料來了一個不會煮飯的！」這幾年，我已經會煮幾道小菜了，希望有一天我會帶著他們的故事回到黃金海岸，親自為他們煮一頓中餐。時光飛逝，回來香港六年了，那個小學生也讀中學了，那個不會煮飯的背包客在環遊世界了，而我的心中，依舊惦念著那個自強不息的媽媽。

一元贈言：

二十歲前，你可以盡情結識朋友；三十歲前，你可以四處聯繫朋友；三十歲後，你可以篩選朋友；四十歲後，你要學會把時間花在值得愛的朋友身上。人生匆匆，你無法跟所有朋友都要好，能在你難過的時候借你肩膀的，一兩個就夠了。

我和 Hazel 攝於黃金海岸的天寶林山（Tamborine Mountain）。

電影人生——Michelle

在澳洲，有一個人教曉了我什麼叫做用生命說故事。因為她的故事，我認識了自己的懦弱，也放下了恐懼，勇於面對自己。

離開了Hazel家，我搬到紐西蘭人Michelle家當保姆，幫忙在她上班時看顧兩個女孩，大部分時間都很清閒，只是偶爾洗一下碗碟、掃一下地、晾一下衣服。

一個早上送完孩子上學後，Michelle坐到沙發上，叫我也一起坐下休息。一開始，她說下星期要交一份功課，苦惱著還沒有時間專注去做。後來說著說著就把自己過去的人生向我娓娓道來。

「我在紐西蘭一個土著家庭出生，讀完小學就輟學了。那時候，跟了一群豬朋狗友，染上吸煙酗酒的惡習。我們每天從早喝到晚，喝到不省人事。後來，二十幾歲到的士高跳舞，嘗試了吃搖頭丸，逐漸碰不同的毒品，之後吸毒就成為我生活的一部分。沒錢買毒品，就偷家裡的錢。那時候，我常常跟不同男人上床，都忘記跟多少個男人發生性行為了。當時只要一時的快樂，也沒有想那麼多。我有個大女兒二十幾歲，已經結婚有孩子了，我偶爾會過去幫她帶孩子。你知道嗎？John不是我的丈夫，我們沒有結過婚，只是曾經一起過，但是後來分手了。現在我們一起合租這地方，共同分擔照顧兩個孩子，所以我們是分房睡的。」

聽到這裡，我有點消化不來。那不是電影才有的情節嗎？怎麼活生生地出現在現實中呢？沒想到我的生命會碰到一個非凡人物，頓時覺得自己生活的世界太簡單了。她和John同一屋簷下，不是夫妻關係，卻為了共同撫養孩子而同居？後來得知次女兒是Michelle和John生的，小女兒是Michelle和另一個男人所生，更超乎我的理解範圍。三個女兒，三個不同的父親，這還是我人生第一次接觸的真人真事。原來，一男一女和兩個女兒住在一起，並不代表是一個家庭，這次又大開眼界了！只想到兩個女兒在這種錯綜複雜的關係下長大，不知道將來會變成怎樣呢？

在我還沒回過神來時，她繼續說：「有一段時間，我極度潦倒和悲憤，得了焦慮抑鬱症，一個朋友便帶我去教會。我本來也是基督徒，但是總覺得上帝不存在，不明白為何祂沒有在我有需要時幫助我。自從去了教會，我感受到弟兄姐妹對我的關心，聖經的話語一句句提醒了我，就像上帝在我身邊，一直都沒有離棄我。因此，我每天翻閱聖經，藉著神的話語重新做人。戒了毒，也不再肆意喝酒和沉迷性關係，只剩下煙戒不了。最意想不到的是我重回學校讀書，在四十幾歲修讀文憑，還成為全班唯一一個拿到榮譽成績畢業的學生。現在我再攻讀護士學位，希望將來成為一個註冊護士，幫助更多有需要的人。我只有小學程度，怎麼可能會讀到學位呢？這不就是神的恩典嗎？沒有祂，我的人生不可能有這麼戲劇性的轉變！」

一段充滿黑暗、破碎、卑劣、心痛、毀滅的生命故事，Michelle講出來時溫和從容，自信中帶點感染力，沒有半點自卑或情緒崩潰。人都不喜歡把自己醜陋的一面展現給別人看，怕被別人看不起，也怕被人指指點點。哪有人會掏出自己的心給一個才認識幾天的陌生人看呢？更何況那是一段不容易說出口的經歷！她勇敢地面對自己的過去，接受自己的醜陋，坦誠地分享她那難以想像的人生，也不在乎別人怎麼看待她。那是真正用生命在說故事，少一點勇氣都不行。那一刻，她散發著一種由心而發的真善美。

聽完她的分享，思緒被無數個問題淹沒，良久說不出話來。這套人性善與惡的電影，內容錯綜複雜且發人深省，需要一點時間去咀嚼和消化。如果我是主角，我肯定不可能那麼輕鬆地說出那段「黑暗」的過去。每個人最難面對的不是別人，而是自己。人生的過錯和污點出現了是抹不走的，我們不能改變歷史，不過我們可以改變自己的心態。把它深深地埋在心底還是勇敢地面對，每個人都有選擇權。無論犯了什麼錯，只要願意面對，已經是給自己重生了。Michelle 背負了重擔多年，最後選擇倚靠神，卸下包袱，撫平傷口，重新面對自己的人生。這是一個奇跡，也是「電影」裡最動人的畫面。

想起我患焦慮抑鬱症時，怕被人知道後會投以奇異目光或排擠自己，也怕影響工作，便一直把它藏在心底，默默承受，為自己造成無形的壓力，對病情沒有一點好處。Michelle 赤裸裸地面對自己，使我不再退縮，便敞開心扉把這個秘密告訴她。掏心需要勇氣，而說出來後就是對自己最大的釋放。回到香港後，我不再介意把自己曾經患過焦慮抑鬱症的事告訴其他人，也不在意別人的眼光，後來更因為我的坦誠分享而幫助了一些情緒有問題的人。當你願意對別人坦白，別人也會對你坦白。或許，現在的我就是在用生命說故事吧！

沒有人想在現實中出現 Michelle 的電影人生，但是如果發生了，就要學會怎樣把腐朽變為傳奇。過去不管是怎樣，都是生命的一部分，不需要否定，也不需要掩飾。憤怒、傷心、痛苦後，哀悼過去，承認傷口的存在，從中得到力量，療癒過去的傷疤，感謝那段傷痕回憶，面對真實的自己。成為悲劇的主角不可悲，因為這樣的故事才是最有警世價值、最感人肺腑、最發人深省的。一部電影之所以好看，不就是要有起伏跌宕嗎？人生之所以有意思，不是也一樣嗎？

一元贈言：

你不能改變過去，留下的疤痕會提醒我們記得曾經的痛楚，

說出屬於自己人生的故事。

耶穌找我了

許多人去澳洲打工度假都會帶上天書《澳洲打工度假聖經》，而我卻帶上了另一本《聖經》。那是前上司 Helena 送給我的禮物，希望陪伴我走澳洲的心靈歷程。出發前收拾行李，箱子已經飽到吞不下那塊「磚頭」，多次猶豫要放棄它。可是，想到那樣會辜負了 Helena 的心意，就硬塞進箱，當作用來「辟邪」好了。一個無神論者，整個行李箱唯一的一本「書」卻是《聖經》，令人啼笑皆非！也不知道是不是《聖經》「顯靈」了，我的生命真的出現了奇跡——信基督教。

離港前，朋友 Mandy 得知我在澳洲無親無故，就把她布里斯本教會朋友 June 的聯繫電話給我，以防不時之需。適應了布里斯本的生活後，想到人在異地，有個當地人照應也不錯，便在九月中聯繫了 June。她和先生 Philip 都是早年移民到澳洲的香港人，逢禮拜日都去教會崇拜，我就抱著認識新朋友的心態跟著他們去了。那間教會有一半華人，特別有親切感。我偶爾會參加他們的小組團契，突然身邊就多了一群教友。其中一位教友 Florence 已經移民澳洲多年，對我關懷備至，常常打電話關心我生活和工作情況，有什麼活動就叫上我，需要她幫忙，也會義不容辭地伸出援手。

有一天，我們坐在布里斯本市區的公園草地上聊天，她坦然地分享自己相信神的故事。她誠懇地看著我說：「年輕時，我曾經做過切除水瘤的手術。不過，十八年後，因疤痕緊貼，令傷口天天都痛得很。於是，我請牧師為我禱告。之後我再去做婦科檢查，傷口就不再痛了。我相信靠神的力量，使我的疾病得到醫治，所以更相信祂的存在。」我聽完後，沒有什麼反應，只當作聽了一個故事而已。她問我為什麼不相信神，我說：「有很多問題還沒釐清，很難相信啊！」Florence 耐心地解釋：「信仰就是一種信念，屬於精神層面。如果從科學角度來解釋信仰，永遠都解釋不了。所以信就是信，不信就是怎樣解釋還是會不信。不如你試從新約四福音書開始看，如果想到什麼問題再問我吧！」我點點頭。不知為何，自己真的就開始翻閱那本越洋從香港帶來的《聖經》了。

十一月初搬到黃金海岸，離布里斯本距離遠了，就少了回教會，《聖經》也被冷落一旁。唯一會做的就是在遇到困難時禱告，祈求一切順利。在黃金海岸經歷了很多心力交瘁的時刻，沒有人可以傾訴，就只好獨自祈禱，也沒有得到什麼回應。沒想到，我的禱告最後得到垂聽了。

二〇一六年二月十日，我在 Michelle 家做保姆，等小朋友上學後，中午就出去後花園稍作休息。來澳洲五個月了，一直奔波勞碌和處理海量突發事情，又擔心搬去下一個城市要重新適應，連月經消失也無能為力，生活一團糟，我不得不承認心累垮了。四周的空氣很寂靜，我閉上眼睛，向天禱告：「我來了澳洲這段時間一直很忙碌，變數多到令我應接不暇，馬不停蹄地找工作和搬家，我真的累了！可以讓我安定一下嗎？」就在我禱告期望上天趕走心中的不安、焦慮、疲倦時，一抹溫暖的陽光輕輕地映照著我的臉，十分柔和舒服。突然，一個白色的影像在我面前出現，光亮耀眼，並問我：「你是否願意成為我的兒女？」我沒有回應，只想到那就是耶穌。我很震驚他用最簡單的句子來問我最重要的問題，直刺入心。我的腦海裡隨即浮現以前不愉快的片段，也接受不了自己的缺點，覺得自己不配做一個基督徒。在我內心還在猶豫時，那個影像重複再問我：「你是否願意成為我的兒女？」那一刻情緒像岩漿快要從身體湧出來，頓覺自己就算千瘡百孔也無所謂，無須再介意別人的看法，執著多年的包袱是時候卸下來了。因此，第三次再問我時，我就肯定地說：「我願意！」頃刻間如釋重負，身輕如燕。一睜開眼睛，我的眼淚就如噴泉般流個不停，嚎啕大哭了一場。實在不太相信耶穌來找我，而我就這樣信了耶穌，一切就彷如做了一場夢。哭完後，安坐了一會兒才平復心情。

過了十分鐘，Michelle出來後花園吸煙，我鼓起勇氣跟她說見到耶穌的事。她笑逐顏開，比我還要興奮，立刻緊緊地擁我入懷。她說不是每個人都能見到耶穌，更感恩我在她家成為基督徒，急不及待地捉住我的手替我禱告。

神知道我性格固執，讀了七年基督教中學，身邊被一群基督徒朋友圍繞著，卻還是無法相信耶穌。祂偏偏選擇在我軟弱和毫無心理準備下出現了，一句安慰的話都沒說，只重複問同一個問題三次，令我難以招架。「你是否願意成為我的兒女」是多麼簡單直接，直搗我心，考驗我的就是信還是不信。祂的問題一針見血，鏗鏘有力，令多慮的我無法不把整個人交託給祂。唯有神才能那麼熟悉每一個祂所創造的兒女，知道用哪種方法才是對我們最好的。

有一次在番茄農場跟朋友分享這個見證時，一個台灣男生問：「你怎麼知道那道白光是耶穌，不是佛祖呢？」我思索了兩秒，笑著說：「我也不知道，只是那一刻我只覺得祂是耶穌，沒有其他想法。」後來有個基督徒告訴我，耶穌曾經在復活後三次問門徒彼得「你愛我嗎」，那個情景和我的經歷有異曲同工之妙。我終於明白什麼是信仰。從不信變成信，原來只是一念之間。當你信了，很多以前的想法都會不言而喻。果然，信仰不是用科學層面來解釋的。

唯獨耶穌才能軟化我的倔強，變成小孩般匍匐在祂跟前。信主後，除了多了一個基督徒的身份外，我還是以前的我，只是慢慢學會了咀嚼愛所包含的意義和實踐愛的真諦。聖經提到「你要盡心，盡性，盡意，盡力，愛主你的神。其次就是說，要愛人如己。」（馬可福音12:30-31）我終於明白為什麼Florence會那麼關懷身邊的人了。

信了耶穌後，總是覺得祂在身邊看顧著我，陪伴著我。卸下重擔，才發現原來倔強的性格把自己推向死胡同，扛太多事情在肩上，為不同事情而煩惱最終也會把自己搞垮。「不要為明天憂慮，因為明天自有明天的憂慮；一天的難處一天當就夠了」（馬太福音6:34）我開始學習把所有的困難交託給祂，少了顧慮，兩肩份外輕鬆。此外，我每天都會祈禱，謙卑聆聽祂的話語，不再是想怎樣就怎樣。因為信仰，我得以釋放，得到重生。

下半年的打工度假日子，慶幸《聖經》陪伴著我過每一天。那本曾經只想用來辟邪的書，最後變成了精神食糧，似乎多了一層生命的意義。如今，書架上那本穿著綠衣裳的《聖經》，永遠都住在我家了。

一元贈言：

背著十字架的人生，
非為愛己，乃為捨己。

從香港帶到澳洲的《聖經》。

墨爾本和塔斯曼尼亞
Melbourne & Tasmania

遊走不夜城
彷彿回了一趟家
一張張熟悉的臉孔
重重包圍
偷走跳動的脈搏

裝世外桃源進背包
吻別萬千繁星
時間
最懂人
是一種無聲的告白

家

在黃金海岸住了四個月後，想轉換一下新環境，於是買了機票南移到墨爾本。一到埗搭火車時，發現車廂內最大的特點是座無虛席，而乘客的人種繁多，黑皮膚、黃皮膚的人佔大多數，倒是澳洲的白人成為少數民族。那一刻，我明白自己來到了一個移民大城市了。

在墨爾本，除了市區有一條唐人街外，遠離市區的 Glen Wavely 也有一條開滿亞洲餐廳的唐人街，而 Richmond 則是一個住滿越南人的區域，越式餐廳林立。我在 Glen Wavely 和 Richmond 的華人餐廳打工，認識了一群移民到墨爾本的華人。移民，對許多人來說是一件人生大事。是什麼驅使他們離開自己的地方，到陌生的國家生活呢？他們背後都有一個移民故事。

在 Richmond 的中越式茶樓做侍應時，遇到一個六十一歲的香港人 Anne，她在茶樓做兼職侍應一段時間了。聽她說，以前要移民到澳洲比現在簡單多了。一九八三年，她帶著兩個兒子到澳洲旅行，兒子看到澳洲的小學沒什麼功課，很喜歡那種讀書環境。回到香港後，兒子對澳洲念念不忘，嚷著要到那邊讀書。當時她先生在澳洲的中式餐廳做廚師，獲得僱主擔保，得到居留權。Anne為了達成兒子的心願就在一九八四年舉家搬到澳洲定居。他們住了兩年後，就成為澳洲居民了。那時候要成為澳洲居民門檻很低，不像現在要巨額投資或者技術移民那麼困難。現在兩個兒子已經工作了，她偶爾一年回港一次探望家婆，住一兩個星期就回澳洲。二〇一八年，我和她在深水埗重聚。她誠懇地說：「我真的不想留在這裡太久，又熱又擠，人又多，真的很不習慣。在澳洲住久了，如果不是為了探望家婆，真的不想再回來香港。」澳洲已經是她的家，香港於她而言，是她的老家。雖然對老家依然有深厚的感情，但移民了，緬懷過去也只能回頭望，不能往回走。移民澳洲就是真真正正屬於一個新的地方，一切從零開始，也是一個全新的起點。Anne住在澳洲那麼多年，覺得它很安穩、寬容和待人友善，已經對那裡有濃厚的歸屬感了。家婆是她在香港唯一的牽掛，哪一天家婆不在了，或許以後就沒有讓她回老家的理由了。

墨爾本除了有大量中國人外，馬來西亞人也觸目可見。Wai是馬來西亞人，是我住在North Richmond的房東，自從二〇一〇年就移民澳洲了。他看上去三十幾歲，在墨爾本一間西餐廳做侍應。一天晚上，我們一起去吃越南菜，我就好奇地問他為什麼會移民到澳洲。他有感而發地說：「我在馬來西亞打工工資很低，就算怎麼努力也賺不了多少，生活條件也不理想。這裡的薪水是那邊的五倍，生活環境舒適，最重要是墨爾本天氣寒冷，沒有馬來西亞那麼熱，我找不到不喜歡這裡的理由。」然後他問我：「你想移民來澳洲嗎？」我想了一想：「澳洲環境怡人，空氣比香港清新，的確是很適合居住。離開香港之前，我有想過如果喜歡澳洲的話，或許可以考慮移民，畢竟香港地少人多，居住環境擠逼，工作和生活節奏快，欠缺生活質素，住在那裡就感到很壓迫。不過來澳洲大半年了，我沒有很強烈的感覺要移民到這裡，總覺得自己始終不是屬於這裡，沒什麼歸屬感。我知道很多打工度假的背包客都喜歡澳洲，千方百計想申請二簽，或轉學生簽繼續在這邊生活。而我就沒有喜歡到這個地步。」為了更好的生活，Wai 選擇了在墨爾本重頭來過。對於年輕一輩的移民來說，機會在哪裡，家就在哪裡。

大城市的五光十色，總散發著一種魅力吸引世界各地的人遠道而來拼一回。無論最後是去還是留，好像在繁華的光影中走了一圈就會找到一個定位。在 Glen Wavely 的一間馬來西亞餐廳「茨廠街」做侍應時，同事 Kim 住了幾個月就確定不回馬來西亞了。那裡的工資不夠生活，加上政府貪污十分嚴重，人民生活艱苦。澳洲是他的天堂，即使拿不到居留權，還是會用學生簽證繼續留在那裡，反正就不想回馬來西亞了。不過另一個同事 Celine 跟 Kim 是同村的，她打算過幾個月就回大馬，畢竟那是她的家鄉，心裡常常想念家人和朋友，墨爾本沒有給她一個非留不可的理由。來澳洲走過體驗過就好了，她知道她的心在哪裡。兩個人一起來，各自找到心之所屬，大城市似乎喚醒了一個人的需要，映照出鮮明的抉擇。

每個人心中都有一個烏托邦，澳洲的居住環境和生活條件無疑令人嚮往，所以才吸引了世界各地的人移居。香港回歸前的移民潮、越戰後的經濟蕭條、馬來西亞的工資水準低、中國大陸的人權自由受限制等，一批批華人帶著一個個理由離開自己的家，選擇到另一個地方安居樂業，開展新的生活。在陌生的國度，從食材的選擇到如何找新工作，都需要時間摸索和適應，跟去一個地方旅行完全是兩回事，只有過來人才能體會當中的辛酸。不過，既然決定了，時間會幫他們一步步走過來。在澳洲住的時間越長，我越清楚自己的心不在那兒，我只是一個過客。如果要移民澳洲，方法是有的。特別是女生，最直接就是找個澳洲人結婚了。看到一些泰國、越南、菲律賓等女士千方百計嫁到澳洲，當中多少是真愛，多少是為了居留權，她們心中自有分數。可是，我偏偏沒有留下來的意思。回到香港，找回那種熟悉的味道，無論它多麼討人厭、多麼撕裂、多麼擁擠，還是我的家。或許，這就是扎根的歸屬感吧！小時候從內地移民到香港後，便以香港為家。這麼多年來，這個家不只是一個居所，更是一個文化和價值觀的依據，在我心中的地位非其他地方能代替。不知道將來世界上會不會有另一個角落教我心動，想到那兒過活，但是起碼我知道現在還是心繫香港。不論走多遠，累的時候還是會想回到這個彈丸之家。

近幾年，在政治風波和自由日益收窄的氛圍下，香港開始出現移民潮。有條件的人陸續離開，何去何從成為香港人一個切身的問題。移民是一種解脫，寄託了對未來美好的憧憬，也是一種對家的重新詮釋。記得旅行住在一個土耳其的大學生家時，他對敘利亞人離開家園有一番憤慨之言：「如果我的國家有難，我一定會繼續留在那裡保衛家園，而不是離開自己的國家，就算死也要死在自己的國土！」香港正值危急存亡之秋，離開或許也是逼不得已，但是我可以做的就是盡自己最大的努力去守護這個家。這一刻，我開始明白那個大學生的話語了。無論走到哪，家只有一個。

一元贈言：

尋尋覓覓千百回，心之所繫，家之所在。一個身份，不只是來自何方的答案，更是精神文化、歷史傳承、核心價值的依據。

我和 Anne 在墨爾本大學留影。

走進黑工市場

在澳洲的勞工市場，最常聽到的一個問題是：「你是做黑工還是白工呢？」白工是指僱主按照澳洲法定工資聘請員工，為僱員報稅，僱員受到勞工法例保障。黑工則是僱主沒有幫員工報稅，工資由僱主自由定價，一般比法定工資少。華人餐廳是黑工市場的集中地，幾乎全部兼職侍應都是黑工。如果不是要為五斗米而折腰，誰想做黑工呢？不過既然做了，就要懂得苦中尋樂。

我在墨爾本做過五家唐人餐廳的侍應，全是黑工。在Glen Wavely打工的四家餐廳，只有一家給時薪十一元澳幣，其他都是十元澳幣。不過，一山還有一山低，Richmond中越式茶樓只給我九元澳幣。求職期間，聽過最低的時薪是七元澳幣，名副其實是廉價勞工。當時澳洲的最低工資是每小時十七點二九元澳幣，做唐人餐廳就要有心理準備被剝削了。還記得中學考完會考後去做茶餐廳侍應，一個小時二十元港幣，第一天工作了十個小時後，回到家累到沒有洗澡就直接倒頭大睡。做完一個暑假後，我告訴自己以後不要再做侍應。沒想到十幾年後居然在澳洲「重操故業」，還當了廉價勞工，實在是世事難料！華人餐廳的工資低，不過排著隊求工作的大有人在。

你不做，還有一大群人搶著做，特別是學生，為了賺生活費，端盤子洗碗什麼都願意做，那黑工勞動市場怎麼可能消失？

既然明知道被剝削了，工作開心又一天，不開心又一天，我寧願選擇開心地被剝削。在 Richmond 中越式茶樓做了差不多一個月，這家舊式茶樓五十幾年歷史，保留了傳統的茶樓風味——早市推車賣點心，而我就是那個推點心車的「阿姐」。上班時，我穿梭於狹窄的桌與桌之間，用笨拙的推車技術舞動那輛蒸籠如山的點心車，到每桌旁邊用英文向客人逐一介紹蒸籠裡的點心，然後在點心紙上圈特大、大、中、小點。有些客人一看到我從廚房裡拿了新的點心，就急不及待地走過來瞧瞧有什麼好吃的，那種氣氛猶如置身懷舊的香港茶樓，非常熱鬧。有時候我特意戲弄外國人，問他們要不要吃「雞腳」。他們都瞪大眼睛，馬上搖頭，聞風喪膽的表情把我笑翻了！工作日復一日，我就在單調和忙碌的工作中找點樂趣，娛人也自娛。

還沒到澳洲之前，總覺得如果在職場上遇到香港人，大家應該會互相幫忙。不過，後來發現這只是自己一廂情願的想法而已。在 Glen Wavely 兩家日式餐廳打工時，一個老闆是香港人，另一家是上海人。上海老闆知道我住得遠，要趕尾班車，每次下班都叫我提早換衣服去搭車，怕我回不了家。另一家香港人開的餐廳平常下班時間比較早，我都不用趕車。只有一次工時比平日長，為了趕尾班車，我便提前兩分鐘換衣服，等時間一到就離開餐廳。香港老闆看到我換了衣服，面色一沉，什麼都沒說，就繼續工作。發工資的時候，我看到金額有小數點，覺得很奇怪。怎麼時薪是整數會出了小數點呢？問了經理，才知道老闆剋扣那兩分鐘的工資，還叫我之後不用上班了。看著那個小數點，我冷笑了一聲。原本以為大家都是香港人會同聲同氣，到頭來卻連兩分鐘的工資都錙銖必較，看來那個老闆要把人用到最後一秒才算沒有虧本。打黑工要面臨的不可控因素很多，但是我可以做的就是調整自己的心態，樂觀面對一切變數。有時候把事情看輕一點，也就是放過自己。

回想自己在香港打工的歲月裡，有時候會因為龐大的工作量和沉重的工作壓力而諸多埋怨，加上無止境的加班吞併了私人生活，行屍走肉的同時偶爾會懷疑人生的意義。曾經，一位公司高層因為受不了工作壓力，從辦公大樓一躍而下，用生命作出對公司最震撼的控訴，落下令人惋惜的結局，也提醒同事工作生活平衡的重要性。如果長期工作不愉快，倒不如轉換新的工作環境，重新尋找工作的樂趣。我們控制不了職場的人和環境，但至少可以自己調整面對工作的心態。在澳洲做黑工，被剝削工資，也遇到老闆剋扣那微薄的工資，但是我樂於面對工作上一切的不公平。工作只是生活的一部分，有些事情改變不了，就樂觀接受吧！

除非是自己理想的工作，不然的話，人都會對工作有不滿或挑剔。不是嫌工資不夠高，就是人事相處有問題，再來就是個人發展空間有限，得不到滿足感等，總會找到不喜歡工作的理由。不過，工作是你選的，不要覺得公司欠你的。打黑工那段時間，我越來越喜歡苦中尋樂，不再像以前那麼喜歡抱怨。與其不滿工資低被勞役，不如花更多時間發掘工作上的樂趣，讓自己快活地上班。

從澳洲回港後，我開始做不同類型的兼職，常常從中尋找樂趣。職場上不如意事十常八九，往事不堪回首，我們可以做的就是活在當下。人生有大半時間花在工作上，不管黑工白工，快樂地做總比抱怨著做划算吧！有時候，快樂也是要自己去找才會出現的。到今天，我還懷念自己推著點心車在食客之間的叫賣聲呢！

一元贈言：

或許你會覺得換工作只是從這個地獄跳到另一個地獄，但是起碼你知道這個地獄的盡頭叫死路一條，另一個地獄的入口叫一線生機。

劏房被騙記

一直以為劏房是香港獨有的產物，原來去到澳洲也是一樣，而且四川人房東還把劏房的特色發揮得淋漓盡致。

「請問還有三人房嗎？」我打電話給房東。

「有，不過現在有三個人在住，過幾天他們就搬走了。你先過來和一個女生同房，等那三個人離開就搬進去吧！」房東輕鬆地說。

「那房費是跟三人房一樣嗎？」我問。

「你那個兩人房比三人房要多付十元，一百二十元一星期。」她清晰地說。

「那好吧！我先住兩人房，三人房有空缺你一定要給我住喔！」我急著要搬，只好先這樣了。

「好的，沒問題！」她爽快地答應。

後來，我就拖著行李來到新家。一進獨立屋，看到廚房旁邊的桌子雜亂無章，就有不祥的預兆。等了一會兒，房東出現了。一個頭髮斑白及肩、長裙過膝、腳穿肉色絲襪的女士，看上去年屆六十，晃晃蕩蕩走進來。

「你就住在這間房，裡面住了一個女生。」房東打開靠門口的一間房門說。

我一看，只有一張床，不是要我跟那個女生同床吧？

「不是兩人房嗎？怎麼只有一張床呢？」我緊張地問。

「你們兩個睡同一張床就可以了！那個女生個子很小，之前她男朋友住這裡，最近那男的搬走，那你就睡這裡吧！」她氣定神閒地說。

「怎麼可能兩個人睡一張床呢？你在電話裡沒有說明我要跟別人同床睡呀！這樣還收一百二十元，不太合理吧！」我氣急敗壞地跟她理論。

「要不我拿一張床墊給你放在地下睡，怎麼樣？」她開始亂出點子了。

「如果當初你說是兩人睡一張床，我就找別的地方住了。等到你有三人房，我才搬過來。你這是故意隱瞞實況啊！那你還有其他房間有空位嗎？我不想跟陌生人同床！」我提高聲線說。

「沒有，只有這間房有床位。你就先將就住幾天，之後再給你安排住三人房吧！」她理直氣壯地說。

我思忖著如果要臨時找地方住，也不是那麼容易，加上市區的租金都很貴，很難找到一百五十元以下的房間。既然已經肉在砧板上，只好先住幾天，等三人房退了再住進去就好了。

一個不到一百呎的房間，放著一張雙人床、小桌子和一個小衣櫃。放了行李箱後兩個人住在一起擠得要命，除了睡覺外，我基本上都不想待在房間。同床是一個台灣女生，幸好我們個子都比較小，不然我睡覺真的會滾到地上了。

第一天晚上，陸續有人回來，大家的活動範圍都是在廚房和客廳。我問了一個香港男生那裡的居住情況，才發現自己住進了劏房。一棟兩層樓的房子，六間房住了十四個人，一個浴室，兩個廁所。我參觀了一下樓上的房間，有一間不到一百呎的兩人房地下放著兩張床墊，連行李都放不下，更莫說要坐在裡面了。聽他們說，這個房東是四川人，只要有人要租房，她為了賺錢就會用盡辦法把人塞進來，完全不理房間的容納度。第一次在澳洲看到十幾個人住在同一屋簷下，突然覺得自己住進了「難民營」。

晚上九點多，房東突然來了。她匆忙地跟我說：「今晚有一個女生突然要來住，我把她安排到你的房間。等一下我搬一張床墊到你房間，她來的時候你告訴她晚上睡在地下的床墊好嗎？」房間本來就很小了，她居然還要多塞一個人進來，這個女人是瘋的嗎？我瞧了一下那個台灣女生，她沒有反應，好像已經習慣她的亂來，我就冷靜地跟房東說：「這裡已經很窄了，已經沒有地方再塞一個人了，你把她安排到別的房間好嗎？」她完全沒有把我的話聽進去，繼續笑著說：「可以的！你看，這裡不就是可以放下一張床墊嗎？就先給她睡一晚，明天再看吧！」說完就跑去櫃子拿一張床墊出來，直接拖到我房間，放在床邊唯一的通道上。已經要跟一個陌生女生同床了，還要再來一個女生睡地下，究竟我是住在什麼鬼地方啊？看著地下的床墊，我欲哭無淚，也明白為什麼台灣女生不哼一聲了。

十點多那個女生來了，她在門口一看到自己要跟兩個女生同房，還要睡在地上的床墊，簡直要崩潰了！她沒想到自己要住的地方是一個劏房，連行李箱只是勉強放得進去。那一晚，台灣女生先上床，睡在靠牆的位置，然後我踩著床墊爬到床上，最後另一個女生再睡到地下的床墊。那個女生說：「這樣的鬼地方一晚就受夠了！明天我寧願去旅館也不要再住在這裡！」那一晚，我徹夜難眠，一來不習慣跟陌生人同床睡，二來怕翻滾會掉到下面床墊壓到另一個女生，整個人都僵硬地躺著。

天亮了，耳邊傳來那個女生收拾行李的聲音，也沒有管那麼多。起床時，發現她的行李箱不見了，看來她真的言出必行，三十六計走為上計。而我，只好暫時委曲求全繼續等待那間三人房了。

一星期後，三人房清空了。我很開心地打電話給房東，問她是否可以搬進去。怎料，我被騙了！

「有三個背包客明天要來，我已經預留這間房給他們了，你先住那兩人房吧！我再看看怎麼安排。」房東輕描淡寫地說，沒有絲毫不好意思。

「什麼？之前我住進來時，你說過只要三人房的人一走，就讓我搬進去，現在你不止反口，還答應給另外三個人住！其實你根本就沒有想過給我住三人房！這不是一開始就騙我嗎？」瞬間怒火中燒，氣從中來，力竭聲嘶要跟她討回公道。

「我是這樣說，但是你要明白，他們是三個人，你一個人，我當然要給他們住三人房了，你說是不是？」她強詞奪理地說。

「你當然要按照誰先預定來安排房間吧！我一早就跟你說要三人房，你也答應了，怎麼可能因為人家三個人就違反當初的承諾呢？這不太公平吧！」我越說越氣。

「這樣吧！我給你選擇，要不你搬到對面房，跟那個香港男生同住，要不轉到樓上的兩人房，我再加一張床墊進去，那裡可以睡三個人的。」她又來亂塞人進房的招數了。

「怎麼可能跟一個男生同房？那多不方便呀！樓上的兩人房已經很小了，沒有空間再放一張床墊了，你怎麼可以這樣？」我快要被她氣到噴血了。

「那你就繼續睡在原來的房間吧！等有位置我再幫你換房。」她講得好像很通情達理似的。

我知道再跟她理論下去是沒用的，她想怎樣就怎樣，只要能賺錢，才不管你死活。那一刻，我知道自己被騙了，竟然天真地相信她會把我調到三人房。拖了一星期又想再用謊言拖延，我醒悟了。於是，立即上網找房子，想盡快搬離那個集中營。最後，過了一星期後得到朋友介紹，終於搬到隔壁街，正式脫離劏房的生活。

在香港住過劏房，沒想到來到墨爾本也有幸入住劏房。一年打工度假裡，澳洲人或紐西蘭人做房東的話，我都是住在單人間。只有那位四川人和另外一個斐濟人的家，我是跟別人同房的。還記得一個黃金海岸的澳洲人房東說過：「我們很重視私人空間的，我出租的都是單人間，不會安排兩個人一起住一間房的。」這就是澳洲人跟華人思想的分別。華人會千方百計用盡每個空間，多賺點錢，才不會理會什麼私人空間。但是，像那個四川房東的劏房租法，也是第一次見。如果是在香港，我可以理解，畢竟土地有限，劏房也是無可奈何才出現的。但是，澳洲地方大，不需要把房子弄成集中營吧！為了賺錢，連一張床都要出租給兩個人，實在太過分了！看著那套房子每隔幾天就有一些陌生人搬進來，比旅館還熱鬧，我知道她又騙了一堆人進來了。錢永遠都賺不完，一個移民澳洲幾十年的人，是不是該學一下什麼叫做尊重私人空間呢？

人生活了六十幾年，還在想盡方法賺錢，是因為她沒有任何寄託，只把精神放在金錢上嗎？她沒有結婚，英文只會說一點點，在墨爾本靠收租賺錢度日。或許金錢是她唯一的安全感，所以才那麼拼命地經營劏房。想到媽媽五十幾歲，也是愛財如命，常常怕退休沒錢過活，天天開口閉口都是錢，金錢也成為衡量一個人成功與否的標準，好像成為了錢的奴隸，不免有點無奈。如果人生只是以錢為先，對很多東西錙銖必較，一定少了很多樂趣。錢永遠都賺不完，只要夠用就行了，何必要賺到盡呢？

一元贈言：

人若賺得全世界，賠上了生命，有什麼益處呢？人還能拿什麼換生命呢？（馬太福音 16:26）

那一晚，我們一起看過的星星

在澳洲過了一年，有一個畫面以壓倒性浪漫的姿態出現在我的腦海裡，訴說著大自然的魅力，保留著怦然心動的回憶，緊鎖著短暫卻深厚的友誼。那一晚，塔斯曼尼亞的星星，為五個剛認識的人呈現最扣人心弦的一幕。

一直以來，我都憧憬有一天可以來一趟像美劇裡外國人開著音樂穿州過省的公路旅行（Road Trip）。三月底，我的香港朋友 Mina 來墨爾本旅行，想到自己來澳洲大半年還沒有真正度過假，便計劃一起去塔斯曼尼亞放空一下。可是，塔斯的交通十分不便，有些地方一天只有兩班車，要自由行有一定難度，自駕遊是最佳的選擇。我們都不懂開車，便嘗試在台灣人常用的旅遊平臺「背包客棧」招旅伴。不消數天，台灣人 Ken 和 Phebe 就成為我們的「司機」了。第一次跟網友去旅行，戰戰兢兢中帶點天馬行空的期待。未出發，心中就為人生第一趟夢寐以求的七天公路旅行誕生而歡呼不已！為了讓三位旅伴體驗一下沙發旅行，我在出發前找到了住在 Sheffield 的沙發主人 Jason，他願意給我們住兩晚。後來見面才知道他的太太 Michelle 是香港人，更有感他鄉遇故知。

他們育有三個孩子，舉家從墨爾本搬到Sheffield郊外的小村裡，遠離煩囂。房子外面有一大片廣闊嫩綠的草原，我們到達時只見羊群低頭默默地吃草，閒適寫意。附近只有一兩户人家，人跡罕至，形同陶淵明歸隱田園的生活。晚飯後，我們坐在沙發上閒聊了一會兒，Jason問我們要不要出去外面看星星。一聽到看星星我們雙眼都發亮了，興奮得異口同聲地答應了。外面一盞街燈也沒有，漆黑得伸手不見五指。我以為只站在房子外面觀星而已，誰知道要走一段路，穿越一條狹窄的樹林路才能到達觀星的地點。Jason聲音嘹亮地叫我們一個搭著一個的肩膀，跟著他慢慢走。我在黑暗的草地上很怕會踩到什麼，每走一步，就看一下腳踩著什麼，又撥開頭上的樹枝。本來搭著Mina的肩膀，但是Jason在前面走得太快了，Mina也跟著他的速度，走著走著就跟丟了。幸好小心翼翼地跟著聲音摸黑走，最後來到了一片空曠無邊的草原。

人到齊後，Jason叫我們抬頭看看上面的星星。我一仰頭，忍不住大喊：「嘩……嘩……好美啊！」漆黑的天空滿佈點點繁星，一望無際，實在太壯觀了！人生活了二十九年還是第一次見到如此浩瀚無垠的星星，猶如海邊數之不盡的沙粒。黑暗中看不見Jason，只聞其聲：「你們的眼睛要等一下才會適應天空的黑暗，到時候就會看見星星一眨一眨的。嘗試閉上眼睛一會兒再張開，那麼就能更清楚地看到每顆星星的模樣了。」於是，我閉上眼睛幾秒，一張開，天上的星星好像和自己更接近，更光亮了。貪玩地原地轉了幾個圈，滿天的星星一直繞著自己，彷彿身上蓋著一張星星棉被似的。那一刻，儘管鼻子在喊冷，身體卻無法抗拒黑暗中獨有的幸福。

我們都被那一幅星羅棋布的畫面所懾住，打從心底讚歎大自然的奇妙。小時候常常聽「一閃一閃小星星」，定睛看，星星真的會一閃一閃的。它們就在我眼前眨眼，一下亮一下暗，猶如心跳的張合節奏，多有生命力啊！夜空還有幾條銀河懸掛著，到底裡面埋藏了多少星體呢？以往只見過一條銀河，那晚四五條星河一次過映入眼簾，教人沉醉於宇宙的懷抱裡。

我們四個在城市長大的大孩子，從沒見過如此壯觀浩瀚的星海，完全被它征服了。站在草原上，一片此起彼伏的嘩然後是一片寧靜，時間好像突然停頓了。我們每個人駐足在一個位置，凝望天上的星星，什麼都不想，進入忘我境界。聽著自己的呼吸聲，我把那片星空深深地烙印在腦海裡，成為那趟旅程最珍貴的回憶。

那一晚，我沒有帶相機和電筒，兩手空空憑著信心跟著 Jason 走。沒有把星海拍下來似乎很可惜，但是有些畫面保存在腦海裡比放在記憶卡裡更珍貴。因為沒有拍照，我更專注於頭頂上的每顆星星，記住它們的獨一無二。旅途上，我們都習慣把美景拍進相機，其實最好的記憶卡就是自己的腦袋。最回味的風景不需要在硬盤裡翻看，它已經在腦海裡放映了。有時候N年後再翻看海量照片卻毫無印象，懷疑自己是否真的去過。看來，用相機去旅行還倒不如用眼睛去旅行來得深刻。

塔斯是傳說中的世外桃源，不帶外面的東西進來，也不把它的自然資源帶走，只需要好好享受它的自然風光和簡單純樸的生活就好了。以往去旅行總會買點紀念品回家，這次把塔斯璀璨的星空裝進背包後就沒有其他空間了。沒有光害、沒有煙霞、沒有噪音，我擁有了整片星空，這是花錢也買不到的畫面，夫復何求？滿天星星在塔斯是司空見慣的景象，可是對一個只能在高樓縫隙中看到一小格天空的香港人來說，簡直是奢侈品。莫說銀河，連星星的蹤影都難得一遇。一趟塔斯之旅，改變了我的旅行方式，喚醒了我對大自然的觸覺，啟發了我對生活的思考。

星空下，我只是一粒微塵，微不足道。我帶不走一顆星星，但帶走了一幅畢生難忘的塔斯星河圖。直到今天，依然歷歷在目。我常常在想，如果當天把五個人站在草原抬頭觀星的畫面拍進相機，想必是一幅震撼人心的電影海報。不過，幸好我沒帶上，至今才能在腦海裡回味無窮。

就在我寫完這篇文章時，窗外的彩虹慢慢撥開雲霧，在兩山之間架起兩條拱形的彩虹橋。我立刻離開鍵盤，靜靜地欣賞天邊的奇景，田野和彩虹所構成的畫面是多麼富有詩意啊！雲南送給我雨後的彩虹，塔斯送給我浪漫的星空。大自然的插曲，無聲無跡，卻在心湖中泛起了漣漪。也許某年某月某日，我們四人再去探望Jason，回味那一年我們一起看星星的日子。

一元贈言：

帶不走的叫風景，帶得走的叫回憶。

Ken、Mina、我、Phebe 和 Michelle 在家門口合照。

羊群在沙發主人家外面的草原吃草。

一個甘願為你付機票錢的人

每次在網上買機票，就會想起那一句「我幫你付機票錢」。生命中，你一輩子都不會忘記的人，要不就是對你太好，要不就是把你傷得太深。感恩在澳洲遇到一個對我太好的人，也是一個願意在背後默默支持我的好朋友。

坐在私家車車廂裡，靜靜地欣賞窗外的風景。山巒連綿不斷，綠意盎然，就像電腦的桌布一樣，令人百看不厭。塔斯這個世外桃源果然名不虛傳，置身其中，就會忘記世事的煩擾。車一直移動，風景就一幕幕地在眼球掠過。突然，電話響了。一看來電顯示，是黃金海岸的房東Hazel，有點意外她怎麼會找我。

「哈囉，Hazel！」我平靜中帶點喜悅地說。

「哈囉，你好嗎？」電話那方傳來久違而熟悉的聲音，她興奮地說。

「我過得不錯，現在在塔斯旅行呢！」我看著坐在旁邊的Mina，笑著回答Hazel。

「太好了！你終於達成心願，真替你開心！那你在墨爾本生活怎樣？有找到工作嗎？」她關心地問。

當初我住在她家時，提過很想去塔斯旅行，沒想到她還記得我說過的話。

「我有找到工作，是在一家中越式茶樓做侍應，請了一周假來塔斯的。」我很自豪地講給她聽，畢竟之前在黃金海岸常常失業，她也很擔心我的生計。

「不錯啊！那一個小時多少錢呢？」她馬上問。

「九元。」我說。

「九元！不是吧？這也太低了吧！你這樣被剝削得太厲害了！不要做了，這不值得做！」她忽然提高了聲線，有點替我生氣。

「墨爾本的工資都偏低，沒關係，我就先做著再看看吧！」我冷靜地安慰她。

「這樣吧！你飛回來黃金海岸，我幫你付機票錢。工作你就不用擔心，我跟朋友商量過，你可以教她太極拳，這樣你就可以有穩定的收入，這總比你在墨爾本做九元的工作好！我的家門隨時為你打開，你就回來吧！」她激動中帶點祈求的語氣，令我為之動容。

聽到「我幫你付機票錢」時，一股暖流湧出心頭，在血管中快速流動，遲遲未能散去。我拿著電話，默不作聲，看著車窗外一片翠綠的草原，沉思、掙扎著。

怎麼會有人對我那麼好？我們只是曾經住在一起，但是她竟然要幫我出機票錢，還幫我安排工作？這份心意是何等厚重！這是我幾生修來的福氣啊！但是，如果回到黃金海岸，一切就會打回原形。住在Hazel家，她就會照顧我，幫我解決問題，變相回到溫室，那跟我當初一個人離開香港的原意就背道而馳了。在舒適圈是很舒服，受到保護，什麼都不用擔心，但是只有經歷一下外面的風雨，才能更茁壯成長。被僱主剝削也是一種經歷，人生本來就不可能一帆風順的，逆境就是訓練自強的好時機，為什麼要逃避呢？

一番內心掙扎後，我百般不忍地跟Hazel說：「謝謝你的好意！我心領了！我還是留在墨爾本吧！雖然錢很少，日子也不太好過，但是這也是一種經歷。我很清楚自己來澳洲是要重新認識自己，就給我自己在外面多闖闖，就算碰到一臉灰也是要繼續堅強走下去。當初你隻身從紐西蘭來澳洲不是也是這樣嗎？沒有過去的你，怎麼會成就今天的你呢？」

電話裡靜止了幾秒，空氣中充滿了生命的角力。之後，Hazel 心平氣和地說：「既然你已經決定了，那好吧！如果你有什麼事，隨時可以找我！我和 Kaleb 都會幫你的！還有，記得我的家門隨時歡迎你回來。」

一個通情達理的人，就是會放手讓你走想走的路，然後在背後默默支持，而不是要你按照她的意思去過她想要你過的人生。掛了電話後，我有一絲絲的不捨，但是也瞬間覺得自己變了，變得更了解自己了。有人問：「在香港也可以了解自己，用不著跑那麼遠去到澳洲吧！」當初下定決心遠離香港，就是要離開舒適圈，讓自己在一個完全陌生的國度重新上路。只有離開熟悉的人、熟悉的環境、熟悉的語言，才能打破原來熟悉的框架和處事方式，真正重新檢視自己。在香港遇到任何事，你會知道可以找誰幫忙，家人朋友都是後盾，也有家可歸。在澳洲，在工作上被人欺負，可以找誰聊？連打電話回香港還要看時差，對方是否在睡覺。因此，自己就要找方法去排解心中的鬱結，改變思考方式，檢討溝通方法等，可以即時解決問題的就是自己。這就是離開舒適圈才會碰到的難題，也是面對自己最多的時機，當然也是最快令人成長的養分。

愛一個人總想把對方留在身邊，但是當孩子需要成長時，父母需要學懂放手。告別舒適圈，經歷風吹雨打，他朝相見時，一個擁抱就是為成長畫上最溫暖的句號。

一元贈言：

人生不需要搞到頭破血流，但是起碼要試過跌跌撞撞。

我的好朋友 Hazel。

沃拉格爾 Warragul

浮浮沉沉後
回歸自然
歲月無聲溜過
轉眼間
遠方的鐘聲
敲送寒冬夕陽
叮……噹……叮……噹……
唱著離別之歌
倒數最後時光
擁抱
為過客畫上一個句號

沉重的腳步
走兩步
停一步
回首
哀悼那模糊的背影
漸漸消褪
帶回一份修養

靠彎腰集二簽

從塔斯回到墨爾本後，終日對那片世外桃源念念不忘。七天匆匆環島自駕遊可謂蜻蜓點水，心想：如果可以在塔斯慢活一段長時間多好啊！念頭一出現，久久揮之不去，而當時我想到唯一的方法就是去農場集第二年簽證。

只要在澳洲的農場工作滿八十八天，就可以申請第二年工作假期簽證，留在澳洲多一年。我的簽證九月就到期，回港探望父母再回澳洲就剛好碰上塔斯的春天。為了可以生活在春意盎然的世外桃源裡，我甘願在打工度假剩下的幾個月去坐「農場監」。經過朋友的介紹，我找到一份距離墨爾本約一百公里的溫室番茄農場種苗工作。North Richmond 劏房認識的K先生也獲得番茄農場取錄，我們便一起移動到小鎮沃拉格爾（Warragul）了。

種苗是番茄農場的第一個工序，而苗棚算是整個農場最輕鬆的部門。還記得第一天上班，全部人坐在空調房一邊聊天一邊接駁番茄苗，真以為自己去錯地方，怎麼在農場工作會有辦公室工作的待遇呢？果然，甜頭只是短暫，更多工序都要在溫室三十幾度的高溫下彎腰工作。採苗頭、摘葉子、插竹籤、扣圓環，無不彎腰。不過，主管會根據大家的工作效率來分配工作。有些平常快手快腳的「農夫」會得到主管的垂青，做一些簡單的工作，不用一整天彎腰，也會另外排班給他們多賺點錢。我是全場最悠閒的「農夫」，其他人摘完一行葉子，我才完成半行。沒辦法，年紀是全場第二大，加上時薪制，很難有動力跟那些年輕的「農夫」拼。反正來農場只為集二簽的天數，動作快或慢工資都一樣，我就眾人皆快我獨慢，按照自己的節奏幹活。

不過，被主管發現我在農場慢活人生後，就沒有好日子過了。每逢彎腰的工作都有我份，高峰期是連續五天都要彎腰，最長一天差不多彎了七個小時，下班時身體好似斷開了兩截，只好回家做瑜伽伸展才能繼續第二天的工作。有時候一邊彎腰插竹籤，一邊問自己：「為什麼要那麼辛苦？我的體能那麼差，根本做不了彎腰的工作，這樣下去傷了舊患怎麼辦？」只是一旦告訴主管我的腰受過傷，就會失去這份工作，不能再集二簽了。為了二簽，為了去塔斯，我要撐下去！曾經在香港的展覽公司搬重物傷到腰，平時久坐也會腰酸背痛，更何況要彎腰幹農活！但是，我每天都會幫自己洗腦，只要集到二簽，多辛苦都不可以放棄。農場的生活千篇一律，我就硬著頭皮一天一天地撐過去了。

時光飛逝，三個多月的彎腰日子終於告一段落，我也集到二簽了！能挺直腰離開農場，也算是一個奇跡吧！物理治療師曾說我身體缺乏肌肉，骨骼就像退化到五十幾歲。就算學了瑜伽、練太極、做健身，也於事無補。想不到農場是一個最好的體能鍛煉基地，化腐朽為神奇，令我脫胎換骨。沒有親身體驗過，就不知道自己的可能性。在那段彎腰的日子活過來，才發現自己原來沒有想像中那麼遜色。

從澳洲回港後，本來打算休息一下再回去延續第二年簽證。可是，休息一陣子後，失去了回塔斯長住的意欲。或許，將來用旅遊簽證去塔斯住三個月就心滿意足了。辛辛苦苦彎腰而得來的農場二簽，沒有大派用場，好像有點浪費當初的努力。不過，我沒有後悔那些挑戰自我極限的彎腰日子。人本來就是善變的，每個階段都有一些很想做的事，只要當刻堅持把它做好就無愧於心了。一直以為自己不可能再做體力勞動的粗活，番茄農場卻教曉我一個道理：成功是留給堅持到最後一刻的人。從小到大，我喜歡半途而廢。小提琴學一下就放棄，做義工一陣子就無疾而終，很多事情都三分鐘熱度。在苗棚那段汗流浹背的歲月，我目標清晰，一直鼓勵自己不可以放棄，要做到集到二簽為止。想做一件事很容易，要做到最後卻一點兒也不容易。人往往喜歡給自己藉口，其實很多事情不為也，非不能也。

經過農場的洗禮，我做事情更加堅持不懈，不到最後一刻都不會輕言放棄。現在，我已經為了實踐環遊世界的夢想踏出第一步了。這個世界那麼大，能走多遠就走多遠吧！結果不是重點，最重要是能堅持到底。

一元贈言：

這個世界沒有人可以勸你放棄，除非是你自己。

早上攝於番茄農場苗棚外。

不風流也快活

澳洲農場的打工度假勞動力以台灣人佔大多數，幾乎在農場就能找到他們的蹤跡，香港人則是「少數民族」。第一天出席番茄農場的入職簡介會時，我和K先生一聽到遠處傳來熟悉的廣東話，如同他鄉遇故知。和香港人Angela和Terry相認後，一起共事了四個多月，算是我在澳洲相處最久的香港人了。不過，身在熟悉的圈子越久，似乎越容易迷失自己。

我們這一批在苗棚工作的「農夫」共十六人：十二個台灣人、四個香港人。港台兩地的飲食習慣、生活和娛樂方式都很相近，大家很快就打成一片。從Warragul開車到墨爾本市區大概一個半小時，尚算方便。因此，我們假日的其中一個節目就是開車去市區吃喝玩樂。由於K先生有車，我們三個香港人去哪兒都坐他車。一般的行程是在墨爾本市區吃午飯，再去大型百貨公司DFO逛街購物，最後去賭場玩一把，晚上吃完飯就回Warragul。有時候我們會加插去亞洲超市大肆採買食材的環節，畢竟Warragul只有一家超市，選擇有限。如果放假不出去市區，就會去其他朋友家聚餐。平日在苗棚工作時，就會有人提議周末去哪，看有沒有人想一起去。幾乎每周放假，都有一連串的娛樂活動排著隊，看似很豐富，但是有時候馬不停蹄地出席「應酬」，似乎比上班還要累。

有一個周末，三個香港朋友相約去墨爾本市區玩，如常叫我一起去。我思索良久，就推辭了。那是第一次拒絕參加他們的活動，之後就更加離群了。人都很容易受周圍的朋友或環境影響，漸漸失去自己的獨立思考。每天去農場工作，已經超過我體能的極限，畢竟已經不是十八廿二了。加上來澳洲之前身體常常出毛病，體質比一般人虛弱，做農場特別吃力。如果再長期勞累，只會拖垮身體。每次放假出去市區都搞到半夜三更才回家，隔天又要老早爬起床去教會崇拜，這不是搞死自己嗎？

懂得反思，就是醒覺的開始。在左拉右扯的邀約下，我停下來三思，才發現自己並不是那麼想去墨爾本市區。除了舟車勞頓之外，一直往市區跑只是把香港的娛樂方式搬到澳洲來。不同年紀有屬於那個年紀的生活模式，比起逛街吃飯去的士高跳舞瘋狂玩通宵，我比較享受躺在床上看看書，寫一下生活的點滴，打電話跟朋友問好。也許，我已經愛上了澳洲的慢活節奏了。他們三人去市區的那天，我擁有一段真正屬於自己的時間。一個人在家做家務，洗晾衣服、掃地、做瑜伽、聽聽音樂，看看聖經，隨便煮點東西吃，就過了簡單的一天，也是最舒服的一天。那天凌晨時分，他們就拖著疲倦的身軀回來了。

這個世界很多人怕悶，一定要找點事情做，非要把自己的日程填得滿滿的。可是，有時候什麼都不做，只是靜靜地過一天，也是一種享受。我明白自己來澳洲的目的是認識自己，認識自己的第一步就是要知道自己想要什麼，而不是隨波逐流，別人叫你做什麼就跟著做。在華人的圈子，人很容易迷失自己，跟著別人的腳步走就能得到一個圈子的認同。否則，就會落得不合群的名號。其實，每個人都是獨立的個體，在做任何決定時，或許應該先問一下自己的心聲吧！不然一直適應別人的想法、跟著別人的腳步，只會消耗自己的精神，虛度光陰。想到在香港無論下班多累都必定親赴朋友的約會，也沒有考慮自己的精神狀態或身體情況，實在有點對不起自己。其實，真正的朋友就算多久不見也能話題不絕，反之經不起歲月考驗的友情只流於表面，再多的聚會也不過是一場噓寒問暖的交流而已。篩選適合自己的社交圈子，不為得到別人的認同而失去自己的個性，把時間花在值得花的人身上，這樣才能活得自由自在。

在農場生活的日子，工作和作息時間穩定，沒什麼娛樂活動，對於喜歡熱鬧或刺激的人來說，是一種挑戰。習慣了香港和台灣那種不夜天生活的人，在農場生活就等於坐牢，所以一放假，就要盡情放肆，啟動華人娛樂生活模式。但是，有多少背包客能入鄉隨俗，跟隨澳洲人的度假模式呢？去沙灘曬一個下午太陽，去海邊釣魚，去郊外爬山和露營，不是也很寫意嗎？到一個新地方，也該學習當地的語言，適應當地的生活習慣，如果只是按照原來的生活方式在異地過活，就等於把自己的樣子貼在一幅澳洲背景圖而已。

脱離了港台朋友的假日消遣模式，不再被牽著鼻子走，我找回自己生活的節奏。聽歌、看聖經、去教會、逛小鎮、走國家公園……認清自己來澳洲的目的，堅持自己的想法，過自己想過的生活模式。即使假日不再風流，也能快活。

一元贈言：

就算和世界不一樣，那又何妨？
你才是自己的主人。

中文人做了英文代言人

「你的英文很好啊！」這是我在澳洲打工度假聽到最多的稱讚。一個讀中文系的人，當年高考英文僅僅合格，現在居然能抬起頭重新做人，不免沾沾自喜。打工度假，我賺到的不是錢，而是一口流利的英文。人都會有弱項，有人選擇逃避，有人選擇面對。或許打工度假就是一場障礙賽，靜候我衝破重重難關。

在番茄農場上班的第一天，經理要介紹農場工作的規則和注意事項，當中有一小撮台灣人不會聽英文。經理聽人事部説我的英文不錯，就叫我做即時傳譯以確保每個人都聽得懂。自此之後，凡是主管要解説工序的做法，就會找我站在大家面前翻譯一遍。頓時，我成為眾人心目中英語能力最強的人，意味著凡是需要用英文溝通的，大家都會想起我。有人要去銀行查詢會叫上我，有人要打電話問其他農場空缺會找我來講，有人要問人事部二簽就找我去説，有人受傷進醫院就找我和醫生溝通，有人看不懂信件就會找我翻譯……突然，我成為一個英文代言人。我不禁要問：是我的英文有那麼好，還是大家把我的英文練成那麼好呢？

不過，誰會想到我從小到大最怕就是講英文呢？我的中學是母語教學的，只有英文科是用英文上課，平時幾乎沒機會接觸英文。會考那一年，我和其他同學一樣，最怕的就是英文科不及格，升不了預科。那一年，許多同班同學英文不及格而落寞離校的畫面至今依然歷歷在目。升大學時，我本來想讀新聞與傳播學系，卻因為高考英文成績欠佳，在放榜當天忍痛把大學選科第一志願改為中文系，如今仍帶點絲絲的不甘和遺憾。英文是我的死穴，出來社會工作後，偶爾要跟外國人交流，但是每次一講話，心都怦怦直跳，強顏歡笑，想盡快結束話題。通常說完 hi 就 bye 了，非常害怕多說幾句就露餡了，巴不得馬上找個洞一溜煙躲起來。如果別人知道我有大學學歷卻說不好英文，不是貽笑大方嗎？久而久之，我對英文也敬而遠之。

人要逃避困難很容易，不過逃避不是解決問題的方法。出發到澳洲之前，我給自己一個要求：盡量不要混在華人圈子。難得一個人到一個全英文的國家，這不是練習英文的好機會嗎？應該比在香港花幾千元去學語言更有效吧！在澳洲的頭半年，我履行了自己的承諾。沙發主人是澳洲人，租屋的房東不是澳洲人就是紐西蘭人，室友也大多是外國人，幾乎每天在家都是講英文。從布里斯本到黃金海岸的工作都是浸淫在英文語境，除了草莓農場有日韓台人外，其他工作場所都是本地人居多，算是真正混進澳洲人的圈子了。還記得在澳洲的首兩周，一句粵語都沒機會說，就用粵語跟自己自言自語，說起來有點彆扭。那時候，我終於明白為什麼在外國長大的華人講中文都怪怪的。經過半年密集式的日常英語訓練，不知不覺我已經能跟外國人談笑風生了。由此可見，我的流利英文就是在全英文交流的語境中「逼」出來的。

回想剛到澳洲找工作時，電話另一邊都在講「外星語」，只聽懂最後一句説我不適合，叫我不用面試。一年後，我竟然可以跟澳洲人在電話裡對答如流，連那濃厚的澳洲口音也聽得懂，簡直是今非昔比。從來沒想過一個那麼害怕英文的人，最後竟然在農場變成一個即時傳譯員，還能跟當地人天南地北聊個不停呢！

人在遇到困難時，總會不知所措，心中的恐懼淹沒了自信。以前我害怕説英文，更害怕説錯被人笑，所以選擇不説不碰，躲在自己的安全圈。不過，人在異國久了膽子就大了。在澳洲我幾乎每事問：「這是什麼？」、「這個英文怎麼讀？」、「那個字是怎麼拼的？」、「你可以再重複一遍嗎？」等。我的臉皮越來越厚，鍥而不捨地東問西問。其實外國人根本不介意你説錯或者詞不達意，畢竟英文不是我們的母語，反而他們會欣賞我們努力學習外語，也會給時間我們慢慢説。

越是害怕，越要克服。正所謂「世上無難事，只怕有心人」。以前去旅行遇到外國人，打完招呼後就馬上低下頭，心中默唸「不要跟我説話」。現在，我不但主動跟他們聊天，有時還會促膝長談。世界上英文比我好的人大有人在，但是起碼我敢用英文閒話家常，也接受自己能力的不足。與其逃避，不如鼓起勇氣，逐一克服。人生只活一次而已，沒什麼大不了的。在陌生的國度，很多事情要自力更生，如果語言是一種羈絆，那就趁機好好把它學好，這總比到處找人翻譯容易吧！我相信每個人都可以得到「你的英文很好啊！」的讚美，只差你願不願意踏出第一步而已。

一元贈言：

恐懼只是保護自己的藉口，

最該害怕的是失去克服困難的勇氣。

智利背包客的人生觀

在Warragul的合租屋裡住了六個人，其中智利女生Calu跟我一樣是二十九歲，是我第一個認識的南美洲朋友。我們聊天時間不多，在農場下班吃完飯後都躲在自己的房間，很少在客廳交流。難得遇到地球另一端的朋友，竟然不趁機多了解一下當地的風土人情，實在是糟蹋了大好機會，想起來後悔不已。不過，一次沒有約定的深情交流，她的話語變成黑暗中的明燈，清楚地在生命地圖指引了我前行的方向。

有一晚，我從教會回到家，剛好Calu站在廚房，我們就互相問好。來澳洲打工度假多是亞洲人和歐洲人，她是我全程唯一見到的南美人。忍不住好奇地問：「你怎麼會老遠跑來澳洲打工度假呢？」她的嚴肅面容頓時鬆懈下來，嘴角掛起一彎微笑對著我說：「我在智利做平面設計師八年了，一直想去旅遊，朋友告訴我紐西蘭和澳洲都有打工度假，正好給我出去的機會，我就決定試一下。智利是南美其中一個發展得較好的經濟商貿國家，但是相比已發展國家，如美國、歐洲，我們還是第三世界國家，經濟發展比不上他們。我們的政府貪污腐敗，加上大量人口移民進來，政府卻沒有相應措施，就算是專業人士工資也不高，人民生活過得很艱苦。這邊的薪水比智利高很多，是賺錢的好地方，我就來了。來澳洲之前，我已經在紐西蘭做了一年零三個月農場了。」

眼前跟我同齡的女生居然能那麼刻苦耐勞，連續兩年在紐澳農場幹活，使我對她刮目相看。我繼續問：「智利人應該都說西班牙語，你的英語那麼好，是在智利已經學過了嗎？」她搖搖頭說：「不是，我是在紐西蘭學的。我在智利讀書時只會說幾句簡單的英文，直到來到紐西蘭工作後，常常跟當地人說話，日子久了就會說英文了。」

看到台灣人只懂說「hello」和「bye」就跑來澳洲打工度假，已經很不可思議了。幸好他們有大量同鄉互相幫忙，事情容易解決多了。但是，南美人來打工度假的寥寥可數，她竟然不會英文也敢隻身跑去紐西蘭工作，實在不可小覷！換作是我，不一定敢去一個言語不通的國家打工。她聽到我說來澳洲是為了重新認識自己而不是來賺錢時，有點驚訝。不過也明白我的想法，便打開心窗說：「我來這邊賺錢就是想存一筆錢，再到處旅遊，我還有很多地方想去呢！」

我們聊了一會兒，發現她是一個很有自己想法的人。剛好那段時間我的心緒紊亂，就把煩惱告訴她了。

「你知道嗎？我現在在番茄農場工作是為了集二簽，然後去塔斯打工度假三個月。但是我還沒想好是回香港再來澳洲，還是直接在境內續二簽。不過只為去塔斯那麼短時間而申請二簽，好像有點不划算。現在簽證還有不到三個月就到期了，還不是很清楚自己想怎樣，對前路感到迷茫。你有什麼看法嗎？」我鬱悶地說。

「不要給自己太多壓力，船到橋頭自然直。計劃永遠趕不上變化，走了一步再看下一步該怎麼走吧！想太多事情也不見得就能按照自己所預定的路走。我們只要活在當下，享受每分每秒就好了。你想做什麼就做什麼，千萬不要讓自己後悔！」Callu言之鑿鑿地告訴我。「活在當下」講得鏗鏘有力，一下子把我一直埋藏心底的憂慮擊碎了。

那一晚是我們唯一一次的交流，也是最深入的對話。那一夜，我酣睡到天明。

當局者迷，旁觀者清。聽她一席話，頓時心凝形釋，豁然開朗。以前我總是杞人憂天，家人和朋友都說要趁年輕多賺點錢，以防退休後沒錢過活。於是，我畢業後就努力賺錢存錢。人家說三十歲就要找一份穩定的工作，不然年紀大很難找工作。於是，我就找一份大學的行政工作。所有的計劃都是按照別人的想法，也沒有想過自己是否真的想這樣。其實，為什麼要人云亦云，規定在幾歲就要做什麼事呢？每個人的人生都是獨一無二的，不需要給自己太多框架。三十歲就代表要穩定了嗎？不！我三十歲才重新認識自己，也明白自己想走什麼路。三十歲，才是我人生的起點。Calu說過：「想不到做什麼，就到世界各地旅行生活，也許在旅途中會找到一點方向。」沒想到，偶然的廚房交流，解開了我的心結，使我茅塞頓開。喜歡跟不同文化背景的人聊天，因為你永遠不知道他們會給你什麼意想不到的啟發。

那一年，我們都是二十九歲，我們在澳洲相遇。三十三歲那年，她完成法國打工度假回到智利了，我在朝著環遊世界夢想進發，我們都在過自己想過的人生。一次長途旅行中，在希臘遇到一個智利的男生，他正在環遊世界，是我人生中遇到的第二個智利人，跟Calu一樣實踐「活在當下」。人生匆匆數十年，不需要計劃太多。不管什麼年紀，有夢就去追，肯定過去，珍惜光陰活在當下，因為你永遠不知道下一秒是否還能活著。

一元贈言：

即使你不能改變世界，也不能被世界改變。

我和 Calu 聊天的合租屋廚房。

做別人的樹洞

在番茄農場工作的歲月裡，沉悶的工序日復一日，幸好能和其他人邊工作邊聊天，日子才過得輕鬆一點。四個多月的時光中，農場是一個心靈交流室，我是一個樹洞，天天聽農夫們講故事。原來，每個人都能做別人的樹洞，但不是每個人都懂得做樹洞。

背包客來打工度假都有其原因：賺錢、體驗外國生活、學英語、休息、逃避工作等。「農夫」之間聊的話題很廣，小至愛吃什麼，大至人生夢想。我則喜歡了解他們的成長經歷，收集不同背包客的故事。每個人的現在都是由過去的經歷成就的，要了解眼前那個人，就要先認識過去的那個他。

不知道是不是因為我是農場最大年紀的女生，很有大姐姐風範，給人安全感，所以大家都毫無保留地跟我聊得很深入。在不同工序，我會主動「騷擾」旁邊的人。一開始先閒話家常，再慢慢深入地了解對方的心路歷程。通常我問完一個問題後，就洗耳恭聽他們的心聲。只聆聽，不插嘴。日子久了，我收藏了很多「秘密」：

二十五歲的H小姐在苗棚工作勤快和主動積極是因為她想多賺點錢，將來回台灣開店，這是她的創業夢；Z先生告訴我印度人重視家庭生活，喜歡常常和家人聚餐，家庭就是印度人的核心價值；K小姐的父母離婚了，她是養母帶大的，小時候很反叛，不喜歡回家，也習慣了什麼事情都自己扛，所以個性才那麼堅強……他們都有屬於自己的過去，而我則選擇靜靜地傾聽。

收藏了大部分農夫的故事後，我覺得自己變了。昔日跟朋友聊天，習慣滔滔不絕講個不停，主導了談話內容，可憐他們只能在我換氣時說上幾句。就算朋友分享自己的事，我都愛插嘴，迅速作出回應，或者馬上給意見，以為自己很有見地。其實，聆聽是一門訓練不妄加意見的學問。不過，人往往喜歡在聆聽時作出判斷或者批評，並且給予自己認為寶貴的建議，好像不說幾句想法就不吐不快。還記得在布里斯本，朋友Kelly的丈夫對她疑神疑鬼，聽她講電話，總懷疑她外面收藏另一個男人，多次提出離婚，令她非常難過。我每次聽她訴苦，除了安撫她的心情外，還勸她受不了丈夫的變本加厲就離婚好了。那時候，我也太多口了吧！多餘的意見只會使她更加混亂，她需要的只是一個願意聆聽和陪伴著她的人。現在我學會尊重講者的想法，讓他們盡情傾吐，不再胡亂把自己的想法加在講者身上。

在農場當了樹洞一段時間，我發現我的守口如瓶和成熟的思想行為給了講者無比的安全感和信任，讓他們分享最真實和最深處的心聲。到現在成為旅遊網誌作者後，我和每個遇到的人都會有心靈深處的對話，有需要時輕輕地擁抱或拍拍對方肩膀，那就是對他們最好的支持了。

故事聽多了，人越有耐性。以前我很急性，說話像機關槍般連珠發射，但是做聆聽者就是要忍住口，安靜地聽著，就算講者靜默久了，也要耐心等待他們梳理情緒或者回憶事情的經過。我會嘗試代入講者的角色，感受當事人的喜怒哀樂，而不是純粹聆聽，把事情置身度外。如果欠缺同理心，就形同一個冰冷的軀殼，無法理解講者的感受。

打工度假的那一年，我從一個只會一直說話的人，變成一個喜歡聆聽別人故事和心事的人。如今，我還在學習怎樣當一個好的聆聽者。有時候，兩個人沒有什麼話想說，就靜靜地坐在一起，享受當下的寧靜，也是一種生活的語言。聲音只是一種表達的媒介，聆聽者要聆聽的是聲音以外的情感，才能與講者走得更近、更深。在現今與時間競賽的社會，珍惜懂得做自己樹洞的人，也要努力學習做別人的樹洞。

一元贈言：

聆聽是一種無聲的陪伴，它勝過千言萬語。

愛自己從說「不」開始

我的口頭禪是「無所謂」。別人建議去哪兒玩，我無所謂；去哪兒吃飯，我無所謂。久而久之，我在別人心目中就是什麼都無所謂，最後連有所謂時都勸自己還是無所謂吧。失去了個人喜惡，失去了拒絕的勇氣，失去了愛自己的權利。不過，焦慮抑鬱症的來臨告訴我要愛自己多一些，而愛自己就從懂得說「不」開始。

我和墨爾本合租屋認識的K先生一起到番茄農場打工，租了同一家房子的兩間房，說好他負責煮飯，我負責洗碗。自從在農場遇到兩個香港人Angela和Terry後，他就建議大家每天一起吃晚飯，那麼他和Angela就可以隔天輪流煮飯，不用天天煮那麼辛苦，而我和Terry就輪流洗碗。Angela和Terry住在離我們家開車五分鐘的位置，誰負責煮飯那天，就去誰家，唯一有車的K先生便成為接送的司機了。K先生和Terry都是「食肉獸」，每頓飯無肉不歡，因此我們的膳食是多肉少菜，與我一貫的飲食習慣大相徑庭。就算我和Angela喜歡吃菜，不過為了遷就兩個男生的口味，不知不覺也吃多了肉。三個月後，體重增加了十二公斤，快要變成《千與千尋》

裡面的那頭肥豬，想起都毛骨悚然。身體負荷過重警醒我是時候吃清淡一點，少吃肉。

冬天的Warragul只有四、五度，可是我租的房子卻沒有暖氣，晚上蓋了被子都會直哆嗦，難以入睡。為了捱過寒冬，我和K先生找了另一家有暖氣的房子。新家的廚房不到一百呎，飯桌只坐得下三個人，從此我們便和另外兩個香港人分開煮飯了。住了一個多星期後，有一晚，K先生煮了一大盤雞肉，我看著那些肉，實在是吃不下去。在澳洲頭半年，我都是煮自己愛吃的食物，不用遷就別人。可是，那三個多月來，我一直遷就兩個男生的口味，而忽略了自己本來想吃的東西。一直投其所好，連自己想吃什麼都沒有話事權，為什麼要那麼委屈自己呢？想到這，我就決定要和K先生分開煮食。有時候人與人的關係越熟稔，越難以啟齒。大家一起煮食了那麼久，突然要提出分開煮，都不知道要怎麼開口。我不習慣拒絕別人，什麼事都沒所謂，別人要求我做什麼，能力範圍內都說好。那時候，我才知道我不懂得說「不」。

事情越拖得久，就越難說出口。一天吃晚飯時，我下定決心要跟K先生講出自己的想法。我的心跳加速，戰戰兢兢地說：「我……我想以後分開煮，畢竟你吃肉為主，而我則不喜歡吃肉。自從吃肉後，我的身體重了很多，我怕再這樣吃下去對身體不太好。你覺得呢？」我以為他會反駁我的意見，因為平時他總是喜歡跟人辯論。沒想到他欣然答應了，隔天就開始分開煮，我頓時釋開心中的疑慮。之後，我像從監獄放出來的人，天天到超市買蔬菜，除了偶爾買些雞腿外，謝絕一切肉類。那時候，我才知道喜歡吃什麼就吃什麼是那麼爽！三個多月來，失去自己的選擇，遷就別人的胃口，到頭來辛苦的還是自己。

自從懂得說「不」後，我越來越知道自己想要什麼，不再什麼都說無所謂。有所謂時就要表達，而不再一直遷就別人，委屈自己。也許我們在拒絕時會破壞了一段友好的關係，或者令對方不舒服。但是明白你的始終會明白你，不明白的就隨它吧。我們不需要為了討好別人而裝模作樣或者壓抑自己的感覺，如果連自己都不為自己發聲，還有誰會顧及你的感受呢？我找回了自己的喜惡，勇於拒絕不想要的東西和要求，不再逆來順受。愛自己就要懂得在適當的時候說「不」，認識自己的同時，也要知道自己的底線，而不是什麼都無所謂，這樣做自己才會無所畏懼。現在我在回答別人問題前都會先問自己：「你真的無所謂嗎？」「無所謂」已經不再是口頭禪，而是經過思考才說出的三個字。

一元贈言：

你可以不知道自己想要什麼，但至少要知道自己不想要什麼。

撞車事件簿

根據去年香港政府統計處的資料，香港女性平均預期壽命八十八歲，男性八十三歲。不過，意外或疾病可以隨時奪走一個人的性命，生命本來就是很無常。那一年，我在Warragul撞了一次車，與死神擦肩而過，才發現與死亡的距離原來可以那麼近。

六月二十日在番茄農場下班後，台灣朋友甲開車來接我和另外一個女生回家。我本來坐車尾，那個女生坐車頭副駕。她到家下車後，就換我坐到副駕的位置。由於農場離我家只有十分鐘左右的車程，平常為了貪方便我都習慣不扣安全帶。不過，當我移到副駕的那一刻，突然有一種很強烈的感覺要我扣上安全帶，我也不知道為何，就一反常態扣上了。沿途我和甲悠閒地聊天，還在商量一會兒去某某家玩。就在一個迴旋處甲向前開時，突然右邊殺出一輛車來，兩輛車撞個正著，我們的車頭撞到對方車的左後輪。甲馬上剎車，我的身體向前衝了一下，頭再向後回撞。我看一下甲，她已嚇到面色蒼白，馬上問她：「你沒事吧？」她說：「沒事。」對方把車開到一旁，我就叫她把車開到對方的車旁。

甫下車，一對中年夫婦生氣地站著。那個中年女人手按著脖子，走過來指著我們大聲喊：「你看！你們撞到我們的車，你要賠償！我的脖子和大腿都受傷了！」我走過去瞧一下他們的車，的確左輪邊被撞凹了，但是我不知道是哪邊出錯，就回頭問甲：「是我們錯嗎？還是他們撞我們的？」甲驚慌失措地說：「應該是我們錯，剛才在迴旋處我看了左邊，可能沒有看清楚右邊就開車了。」甲不會說英語，所以我就做雙方的翻譯幫忙協調。我沒遇過這種情況，但知道要談到責任與賠償就要很小心處理。於是，我按住自己的慌亂，鎮定地走過去問那位女士：「請問你可以先報警嗎？看看警察怎麼說，我們再看怎麼處理賠償的事情吧！」她看到我那麼冷靜，情緒也平復下來，並拿起電話報警。

警察來了後，為甲做了酒精測試，我就大概描述撞車的事情。警察的結論是：雙方沒有傷亡，也不需要送院，剩下的賠償事情就交給雙方的保險公司處理。他們抄下甲和對方的駕照號碼就離開了，留下「爛攤子」給我們自己看著辦。那對夫婦已經聯繫了保險公司，還把檔案編號寫給我們用來搞理賠。幸好甲也有買車保險，我諮詢了保險公司的手續後，就幫她開了檔案。之後兩個星期，我差不多天天都幫甲處理賠償的事情，而她的車因為損毀嚴重而超出保險維修費，最後由保險公司回收了。整個賠償程序繁複，且是我第一次用英文在外國處理車險，算是摸著石頭過河，慢慢地把問題解決了。雖然最後甲要給一筆墊底費保險公司才會承擔其他賠償費，但是最重要是人沒事，其他都不重要了。幸好那天我扣上安全帶，算是逃過一劫。

平時在新聞看到有背包客在澳洲發生交通事故而身亡，就提醒自己要小心，卻不覺得會發生在自己身上。不過，一次交通意外，令我發現原來死亡是近在咫尺，生與死就是那一剎那。如果那天我沒有扣上安全帶，結果還是一樣嗎？感恩我仍活著，還多了一份隨時迎接死亡的心理準備。常言道：「一個招牌掉下來，隨時就砸死你了！」當我們說這句話時，真的感覺到死亡會隨時降臨在自己身上嗎？還是只當作笑話，深信自己不會是被砸中的人呢？

一個人能活到八十歲不是必然的。有些人飲食均衡常做運動卻在壯年猝死；有些人在落後地區出生沒幾歲就餓死；有些人遇到地震海嘯來不及逃生就命喪黃泉……每一天能睜開眼睛，看到青山綠水就是一種恩典。中國人的社會常常把死亡當成一種忌諱，小孩一提到「死」字，大人就焦急地說：「吐口水再說過！」死就是代表不吉利。究竟是大家都怕提到死字就會死得快還是不想面對死亡呢？死亡是人生的最後一站，也是每個人必經的階段。既然是必經，那又何須懼怕？或許大家都怕死後不知道會去哪兒吧！既然未知是可怕，那倒不如把心思放在可知的世界吧！孔子曰：「未知生，焉知死？」不就是提醒世人好好把生命過得有意義嗎？

生命一晃即逝，不管壽命有多長，你都可以由死思生，以終為始。懂得思考死亡，才會懂得思考生命，從而珍惜生命。人死的那刻只會後悔自己沒有做過什麼，而不是記得自己做了什麼。如果不想帶著遺憾離開世界，從這一秒開始你就要問自己：我想在死之前，看到一個什麼畫面？當你看到那個畫面，你就知道該怎麼活了。在撞車後，我才驚覺未真正活出自己想要的人生就死去是多麼可惜啊！死亡並不可怕，可怕的是在死之前沒有活出自己，沒有活在當下，沒有活得精彩！沒有人知道自己哪一天會離開人世，不是年輕就代表死亡遙遙無期，也不是年長就代表死亡隨時降臨。既然我們都不知道何時死去，何不抓緊生命的每一秒，思考一下怎樣把生命活得更有價值？思考死亡不是悲觀，反而更能活出自己想要的人生，最後就能死而無憾了。

一元贈言：

無論你可以活多少年，有多少年真正活過才是最重要的。

一個人來，一個人走，一個人的心靈對話

在番茄農場工作的尾聲，台灣朋友 Aries 皺著眉問我：「你一個人來，最後也是一個人走，不孤單嗎？」我微笑地說：「不會啊！一個人有一個人的浪漫。」這句話說來瀟灑，卻寄寓了一年來尋找自己的生命態度。我來澳洲的目的是要找回自己，認識自己就要有獨處的時間進行反思，從而展開一個人的心靈對話。

全球化令人與人的聯繫越來越緊密，要離群而享受獨處的時間變得越來越難。香港的生活節奏急速，在繁華的都市上班、搭車、覆訊息、下班、回家吃飯或和朋友聚會，忙忙碌碌就過了一天，連睡眠的時間都不足，哪有時間靜下來跟自己對話呢？平時放假，一堆娛樂活動一早就佔滿了日程表。放長假更不用說了，大家都想逃離幾百呎的蝸居和摩肩擦踵的街道，十居其九跑去旅行，怎麼會找時間沉澱心靈呢？有人害怕孤獨，有人怕悶，要他們停下來聆聽自己的心聲比愚公移山更難。然而，與自己獨處才能卸下面具，真實了解自己的情感和需要，重整後繼續上路。過去的歲月，我的生活都是被時間推著走，卻不知道那麼忙是為了什麼，幾乎都混沌糊塗地浮游

於塵世中。直至得了焦慮抑鬱症，才發現一直忽略了內心可以承受的重量。只有花時間重新開展一場一個人的心靈對話，才能找回原來的自己。

為了用日記記錄澳洲一年的心靈成長，便在出發前叫一個有繪畫天分的大學生替我在乏味的封面畫上幾筆，增添異國風采。那一年，閒時寫寫日記，記錄重要的事情、心情和反思。寫日記是真正屬於自己對話的時間，文字使我更理解自己的思路，把深處的自己看得更透徹。人有時候會害怕面對自己，因而選擇逃避，只是問題依然存在。寫日記某程度是逼自己面對問題，不再漠視它的存在。不管開心傷心，順境逆境，我都一一寫在日記裡。在我認識的打工度假朋友裡，大部分人會在閒暇時翻看硬盤裡的電影和電視劇，或者在家弄甜品，執筆寫日記的似乎寥寥可數。本來出發前開了一個網誌，打算寫下那一年自己的生活隨筆和感受。不過，沒有投放太多心思寫文章，久久才發帖一次，最後把網誌荒廢了，甚是可惜。去打工度假的出發點不同，行為就有異。人生唯一一次打工度假，也是唯一一次離開香港一年去認識自己，帶著一本空白的日記去澳洲，最後它的字裡行間留住了一年心靈對話而思潮起伏的痕跡。

想來一場深處的心靈對話就要先讓自己進入一個舒服的狀態。我喜歡看海，只要對著一片海心境就可以平靜下來。偶爾會獨自跑去海邊，看著一望無際的大海，靜思自己的人生路，總會得到一些眉目。就算什麼也想不到，至少聽著海浪聲也可以撫平心中的波瀾和驅趕暫時的煩惱。信了主後，翻看聖經就成為我日常生活的一環。在番茄農場下班後，晚上閒時就會躺在床上翻讀聖經，有些經文會不知不覺提醒我反思現有的生活方式和對生命的態度，使我放下舊有的自己，重新出發。我很珍惜與自己獨處的時間，雖然做不到「吾日三省吾身」，但起碼有時間跟自己對話，了解自己更多，已經對得起當初隻身跑來澳洲打工度假的勇氣了。

一個人來澳洲，要在各種群體生活中抽離自己，找一個屬於自己的角落也不是易事。在番茄農場打工的那段日子裡，朋友都喜歡每逢周末放假就去墨爾本市中心逛商場、吃東西、進賭場、夜場、唱卡拉ＯＫ等一連串娛樂活動，我則選擇性參加。一來是我興趣不大，二來是我需要在假期讓自己的身心得到休息，三來是我明白來澳洲是為了了解自己，而不是把香港的生活模式搬到澳洲重演，所以寧願待在家裡，好好享受一個人的浪漫。與其說我不合群，不如說我更懂得把心思和時間放在與自己的對話上，那也是我來澳洲的初衷。

那一年，每次遇到困難想放棄的時候，我就會問自己為什麼當初要來打工度假，那呼之欲出的理由成為我繼續走下去的動力。本來我出走的原因就跟其他背包客不一樣，那為什麼要跟隨別人的工作和生活方式走呢？我知道自己只需要一個沉澱心靈的空間，工作和日常活動只是陪伴我走這條路的配角而已，所以常常要自我警惕不可以順著別人的路走而迷失了自己，忘卻來澳的目的。每個背包客來打工度假都會帶著一些期待，但多少人能帶著預期的美景離開？歷程中變幻莫測，學會隨時與內心對話，梳理情緒，應該能帶走一些成長的果實。我一個人來，帶著滿溢的愛和一顆洗滌乾淨的心靈回去，還多了上帝陪伴左右，收穫超乎想像，滿載而歸，樂在心頭，怎麼會孤單呢？

每個人與自己對話的方式都是獨一無二的，有些人喜歡用圖畫把自己所思所想畫出來，有些人要抽著煙、喝著紅酒才能面對自己的內心世界。什麼方式都不重要，只要覺得舒服，能享受一個人的獨處時間就好了。一個人靜下來，才能真正卸下偽裝的面具，把保護膜一層一層撕開，赤裸裸地面對最深處的自己，找回自己的模樣。

一年過去了，我找回本來熟悉的自己，也重新認識一個陌生的自己。一個人來，一個人走，一個人的心靈對話，一場生命碰撞的自我剖白，醞釀了一輩子活出自己的勇氣，浪漫而真實。

一元贈言：

能享受獨處的人不會害怕孤單，
經得起孤獨的人也經得起更多的風浪。

教會的「親人」

在黃金海岸決志做基督徒後，一直想找教會參加崇拜。只是居無定所，就先擱著不理。在Warragul生活穩定後，便在網上找了一間走路半小時可到的教會，逢星期日早上十點崇拜，非常適合我這種早起不了的懶人。

坐言起行，接著的星期日便跟著手機地圖在街上左穿右插，走了半小時終於找到那所屹立在山坡上的白色教堂。氣喘吁吁地爬上斜坡時，想到每個星期都要爬一次山，頓生打退堂鼓之意。環顧四周，只有我是用腳走來「朝聖」，其他人都是有香車代步，看來是上帝要考驗我的腳骨力了。

一個外地人亂闖入當地人的教會，雙眼由左至右橫掃一遍，男女老少全是澳洲人的臉孔，有種去錯地方的感覺。禮堂有大約三百多張椅子左右分開排列，我隨便走到左邊後排位置坐下。旁邊一對老夫婦，和我互相對望點頭，微笑了一下。隨著樂器聲奏響，大家都站起來唱詩歌，接著是牧師講道和一個聖經故事的話劇表演。一個半小時崇拜結束後，老太太看到我一個人，就主動打開話匣子，問我是不是第一次來。她看上去有一米七高，穿得優雅端莊，說話溫柔得體，散發著貴婦氣質。我簡單介紹自己的來歷和在番茄農場的工作後，就好奇地問她教會有沒有小組團契。她說自己逢星期二晚上參加團契，認為我也可以加入，不過要先徵詢小組主持人同意再回覆我。聊了一會兒，我們交換了電話號碼後就道別了。從此，我的手機就多了一個老太太的名字——Jan。

下一個崇拜日結束後，Jan 微笑地對我說：「你可以參加我們的小組團契了！」她知道我沒有車，便主動提出每周來家載我去團契的地點。Jan 和丈夫 Bob 已經年屆八十，住在另一個鎮 Trafaglar 的偏遠山上，要繞很多山路才來到我家，但是為了我的人身安全，還是堅持每星期接我到團契，結束後再送我回家。第一次參加完團契後，到我家已經是十點多了。我下車後，他們的車還在原位不動。等到我拿鑰匙開了家門，回頭看，他們才把車開走。原來，兩夫婦要看到我安全進了屋，才放心離開。在他們眼中，我的安全比一切都重要。有時候，車途中他們會問我：「你家裡夠暖嗎？室友對你好嗎？」像是父母關心孩子的生活，簡單幾句，卻暖在心中。為了讓他們安心快點回家，往後每次一到家門，我便旋風腿似的直奔去開門。關了門後，靠在窗邊遙望車輛漸漸離去的影子，直至消失在我的視線範圍，才走回自己的房間。想到兩個老人家在黑漆漆的山路開車，心裡很不踏實。

恒常的接送維持了一個多月就暫停了，因為 Bob 得了癌症。Jan 神色凝重地在團契說：「接下來連續兩個月，我每周五天要載 Bob 去醫院接受放射治療，不過我們還是會盡量參加團契的。」我聽到 Bob 得癌症如聞噩耗，其他組員則相對平靜面對。組員 Sarah 毛遂自薦代替 Jan 做我的私人「司機」，專門接送我去團契，以免 Jan 過於疲憊。想到 Bob 患病，不但幫不上忙，還要其他人照顧我，除了百般無奈，還慚愧不已！那時候多麼想有一張駕照，那就可以幫 Jan 載 Bob 去醫院。要一個年紀老邁的婦人每天開兩個多小時往返醫院，無疑是一種精神和體能的挑戰。治療期間，每次看到兩夫婦來參加團契，大家就會關心 Bob 的身體狀況。看到他還是會談笑風生，又不會因為放療而現疲態，使我卸下心頭大石。沒想到一個癌症病人能對自己的病情泰然處之，倒是我有點害怕失去他。生老病死是人生必經階段，但要總不希望經歷身邊的人離去。曾經我以為自己已經把死亡看得淡如止水，但是到頭來我只是看輕自己生死，卻無法看輕別人的生死。既然人的能力有限，我唯一可以做的就是為他的病情多祈禱。

兩個月治療結束了，Bob 的癌細胞得以控制，身體漸漸康復，我如釋重負。有一天，Jan 突然想起我還沒去過她家，便邀請我到她家吃飯和參觀她的花園。那天，她特地開車來接我。離開 Warragul 後，朝向寫著 Trafalgar 的路牌開去，經過一些小村莊後就是上山的路。只見 Jan 駕駛技術純熟，繞過林間九曲十三彎的小路。車爬得很高，窗外的樹林枝葉扶疏，縫隙中隱約可見山坡一片青蔥，在陽光照射下翠綠怡人，美不勝收。整條山路沒有柵欄圍著，稍一不慎，真的連人帶車滾下山腳。之前聽老夫婦說黑夜繞山路回家，原來是這種玩命般危險的路，真替他們捏一把汗！Jan卻還開玩笑地說她閉上眼睛都能開回家，教我哭笑不得。

老夫婦的家是一個長方形的平頂屋，有一千多呎。坐在客廳，一排落地玻璃採光十足，也能看到花園和後山的一片綠林，只緣身在此山中，與大自然融為一體。Jan帶我逛了一圈房子，客房和廁所都像五星級酒店般豪華，客廳還有一個小角落類似博物館，擺放了他們的舊照片和子女的兒時玩物。屋子乾淨整齊，現代化的設計中散發著歐洲的古典風情，當下對他們的品味歎為觀止。

吃完飯後，Jan帶我到後花園參觀她種的植物和蔬果。她很少到超市買蔬果，都直接吃自己種的，過自耕自足的生活。外面的食物多農藥，那樣倒吃得健康多了。她每天花大量心力和時間打理一千多呎的花園確實很吃力，但做自己喜歡的事多辛苦也是值得的。我們慢慢走到花園後面的森林散步。一邊徐徐漫步，她一邊憶述當年買房遇到的困難，後來夠錢買了，兒子便親自設計，從此真正擁有屬於自己的房子了。再走到一片草地時，她興奮地說：「每年聖誕節，我的兒子們和孫兒女都會來這裡搭帳篷露營，到時候很多小孩會在這裡玩遊戲，非常熱鬧的！」我們在樹林晃了半小時，遠離煩囂，第一次感覺到住在山林的閒適，也明白為什麼退休的人總是喜歡歸隱田園。也許，忙碌半生後，還是回到大自然的懷抱才能得到心靈的慰藉吧！那年，我二十九歲，卻能體驗到八十歲老人的心境，說起來有點奇怪，卻又是那麼真實。或許，我就像是Jan的女兒，在聽媽媽講故事吧！只有重視一個人，才會特意邀請她來自己的家。隨著時光的消逝，我好像無聲無跡地多了兩個「親人」。

第二次再到他們的家已經是打工度假的尾聲了。八月底，我會離開Warragul去澳洲最後一站——悉尼，家人也會從香港飛來悉尼同遊澳洲，為打工度假填上休止符。Jan和Bob特地在家為我搞了一個歡送會，邀請了團契小組的朋友來歡送我。歡送會後，Jan送了*Jesus Calling*一書給我，而Bob則親手用木頭削了一隻小鳥送給我。我送給他們的證件相和感恩書籤，則成為兩老家中「博物館」的珍藏。如今，兩份禮物仍在床頭陪伴著我。我只是一個過客，卻被他們當作是一家人。然而，當一段關係越靠近，離別的時候就越痛苦。

離開Warragul的那天，老夫婦開車送我去墨爾本機場，朋友Nick也跟車陪我最後一程。不知道為什麼，那一天我的口像被乒乓球塞住了，說不出話來。兩個小時的車程，本來應該好好把握最後機會和老夫婦交談，而我們卻只斷斷續續地談了一小段話。越靠近機場，越想時間走得慢一點。不過，要到達的終須要到達。車停靠在落客區，意味著相聚的時限只能濃縮到十來分鐘。看著Jan和Bob，有很多話想說，卻頓時語塞了。大家互相對望，眼睛裡流露出萬分不捨。在倒數的時間裡，我鼓起勇氣，走過去跟Jan擁抱，說了聲謝謝後，淚水就忍不住流下來了。Bob的臉上強掛著一絲微笑，平時愛說笑的他突然靦覥起來。那種只有道別才會看到的表情，令我的心霎時被層層石頭壓住，沉重得無法呼吸。和他緊緊相擁後，帶著淚光輕聲地感謝他花心思削了那隻木鳥給我。我送了一盒巧克力給他們，便看著他們上車。以前與其他人道別總是覺得有機會再見，但是這一別，不知道何時再相見，心生一種難以言喻的傷感。這一次，他們沒有等我入閘就開車走了。看著車開走的背影，我想起Jan說過：「第一天你來教會時，我平常不是坐那裡的，不過剛好那天遲了來教會，就隨便坐在後排，也就這樣認識了你。」腦海裡又浮現Jan在團契結束後送我回家時的噓寒問暖：「你家裡夠暖嗎？住了什麼人呢？他們對你好嗎？」以前都是他們看著我進家門，這次終於換我目送他們遠去。

擦乾眼淚，收拾不捨的心情，Nick陪我拖著行李徐步走進客運大樓。雖然下一站要去悉尼會合家人一起旅行，但是尋找自己的歷程隨著離開Warragul已經正式落幕。一年前，媽媽和朋友阿紅在香港機場為我送行，揭開了打工度假的第一頁；一年後，兩夫婦和朋友在墨爾本機場相送，為打工度假畫上最動人的句號。Jan和Bob不只是我的教友，更是我在澳洲的「親人」。一年的打工度假，我拆下自己築起的圍牆，不再隱藏情感，在離別時想說什麼就說什麼，想哭就哭，想擁抱就擁抱。我找回了自己，也找回了擁抱親人的勇氣。

一元贈言：

愛不是理所當然，感謝每個愛你的人，珍惜每個你愛的人。你不知道下一秒遇見誰，但是你可以珍惜每個你遇過的人。

我送給團契小組成員親手寫的感恩書籤。

第一次到訪 Jan 和 Bob 的家。

Bob 親手削的木鳥。

我參加的教會。

Jan 和 Bob 的房子。

第三章：一段找回自己的獨白

一年的心靈洗禮，浪漫中帶點苦澀。

把自己找回來，不是一個結束，卻是一個開始。第二人生，用找回來的勇氣活出生命的價值，做想做的事，愛想愛的人，過想過的生活，以感恩的心迎接每一天的來臨。我，變了，變得更好了！

那一年，我終於把自己找回來了

離開一年，沒有計劃，沒有方向，沒有把握，每一步都是先與自己的心靈對話，再摸著石頭過河。感恩在茫茫人海能把自己找回來，生命的故事從此改寫。途中的人和事互相碰撞，攪拌了我的心靈，混沌的心變得清澈，冰冷的心變得溫暖，軟弱的心變得堅強。那些點點滴滴，永遠成為我活出自己的勇氣。

二十九歲之前，我在人潮中跟著其他人的腳步走同一個方向。可是，前路是什麼，該怎麼走下去，我不清楚。在時光中徘徊，我越來越迷失自己。明明在鏡子裡看到自己，卻又好像模糊不清。此起彼伏的疑問縈繞心頭，卻無法得到答案。三思後，便做了一個抉擇，離開熟悉的香港，來到一個陌生的國度，重新認識自己。一年後，我三十歲了。這個數字很特別，也是很多女人害怕面對的關口。孔子曰：「三十而立」。立於什麼？完成碩士學位、買樓、結婚、生孩子、創業？對不起！我一項都沒完成。我的人生是失敗嗎？三十歲還沒結婚，就是剩女？也許在世俗人眼中，答案皆是。可是，三十歲我找回了自己。

那一年，我勇敢地踏出第一步，隻身飛去澳洲。即使困難重重，也一關一關地跨過，當中的苦頭只有自己知。不過，我沒有放棄。錢不見了我沒有生氣，被主管歧視了我沒有傷心，失業一個月我沒有哭，做黑工被剝削我沒有埋怨，撞車了我沒有害怕……我沒有在遇到難關時打道回府，理由很簡單：我還沒找回自己。人在異鄉，就要突破原來生活的框架。於是，我跳出了舒適圈，在街頭賣藝、教外國人中文、當旅遊記者，想做什麼就做什麼。人生匆匆數十年，如果只在原地轉圈，看到的永遠只是那個圓圈裡的事物。何不給自己多一個機會嘗試新事物，或許會看到另一片天空呢！人在做任何事會顧慮金錢、年紀、家人、環境等因素，但是有些事情現在不做，或許就永遠不會再做了。我不再給自己藉口，活在當下，活出自己想要的人生才對得起短暫的生命。過去總是以別人為先，漸漸失去自己的想法。一年後，我懂得愛自己多一些。生命只有一次，真正為自己而活，才能活得有價值。

回來後，香港的社會面貌依舊，朋友的生活和工作如是。那一年，好像只有我變了。很多人都會問：「你去了一年有什麼改變?」改變的東西不勝枚舉，當中最大的改變是思想更正面了。以前我遇到什麼事都會想得很悲觀，覺得事情很難做，然後幻想一大堆尚未發生的事，給自己無數藉口，把故事的情節和結局都鋪排妥當，最後順理成章認為自己做不到而選擇放棄。這多多少少是受媽媽的價值觀影響。她想我找份穩定的工作努力賺錢，存多點錢來退休，平常也處處用錢來衡量我做事的價值。

除了賺錢，其他事情對她來說都是徒勞無功、浪費時間、毫無意義。「有什麼用？」「浪費錢！」「像你這樣的人，吃不了苦的！」每句話都像咒語般吞噬我的自信，讓我無地自容，思想漸趨負面。我會埋怨自己的命運倒楣，總是不及別人好運，也不覺得身邊有人愛自己，整個人生都一團糟。在澳洲，外國人總是會用正面的話語鼓勵別人，即使未如理想或者做錯了，他們也會讚揚你的嘗試，感謝你的付出，欣賞你的努力。在他們身上，我學會了給別人多點笑容，給自己多點掌聲，給生活多點色彩，相信自己的能力。全靠那股正能量，那一年我才能排除萬難，克服所有挑戰。回到香港，媽媽還是老樣子繼續放負，我就一直幫她「洗腦」，希望有朝一日她會積極樂觀面對所有事情，多說讚美的話，讓自己活得快樂自在一點。

我相信每個人提起某個地方，總會有一種專屬他的情意結，或者代表某種意義的記號。澳洲，對我來說是一個就算筋竭力疲也要堅持初衷走到最後的圖騰。那一年，有無數次想中途放棄打道回府。特別是遇到長時間找不到工作、月事遲遲不來、被人惡言相向等，有一股衝動想直接買機票回家。可是，我還是堅持走到最後了。每次失意落寞時，我會與自己內心對話，在天使與魔鬼的交戰中，我選擇了繼續留下迎難而上。如果受一點點挫折就回去，怎麼對得起當初的自己？經過一年的「抗戰」，我取得勝利了。不是贏了什麼豐功偉績，而是得到一個不再半途而廢的意志。「世上無難事，只怕有心人」，任何事情都有可能成功，視乎你有沒有心嘗試和付出，並堅持到底。放棄很容易，堅持卻需要打不死的堅毅意志。昔日三分鐘熱度的我消失了，現在遇到任何事都不再給自己藉口，先踏出第一步，盡自己最大的努力走到最後，不再輕言放棄。那個堅持的記號始刻於澳洲，也一直刻在我往後的人生中。

打工度假本身就有一種把人置諸死地而後生的治療魔力，居然撫平了我多年來容易焦慮不安的情緒。以前我是「緊張大師」，任何事情還沒做之前，就先杞人憂天了。我會擔心一些有的沒的，凡事先作最壞打算，把自己搞得心慌意亂。恰巧打工度假就是一場沒有劇本的人生紀錄片，不止每天都會遇到不同的問題和挑戰，有時候每分每秒都在劇變，比玩過山車還要刺激。只有用平常心面對，見招拆招，才不會抓狂。我深深體會到「計劃趕不上變化」的真諦，也不再自編自導自演一齣還未上演的戲。過度的擔心只會給自己徒添壓力，失去品嘗生活的味道。拿著「船到橋頭自然直」的令箭過日子，把明天的事交給明天憂慮，心靈得到真正的自由。放下煩惱，泰然處之慢活人生，天空移動的白雲、路邊的野花、海岸的波浪都能教我駐足欣賞一番。懂得細味生活的小確幸，才懂得感恩生命的美好。那時候，我才發現自己在香港由早忙到晚，匆匆把日子過了，卻沒有好好感受生活中的一切，連身邊的一花一草都不屑一顧，似乎一直以來都把重點搞錯了。

一段生命歷程，對一個人影響最深的往往是沿途遇上的人。Chewi 為我一句話而炮製愛心炒雞肉飯，Jessie 對我的萬二分信任，Florence 鍥而不捨地與我分享福音，Hazel 把我當成好姊妹，Michelle 赤裸裸地用生命說故事，Jan 和 Bob 愛我如親父母，還有許多一路上遇到的所有天使，對我關懷備至，照顧周到。雖然每段關係只像煙花轉瞬即逝，卻璀璨動人。我只是一個遠方的過客，他們卻毫不保留地把愛灌注在我身上，使每段離別總帶著幾分凄美。感謝他們的出現，使我知道自己過往一直忙於工作，忽略了關愛最親的家人。在他們身上，我學會了愛就要無條件地付出，毫不保留地去愛。被愛不是必然的，而愛人更是人一生都要學習的一門課。一趟打工度假，令我成為一個更懂得愛和更敢愛的人。

打工度假一年，我沒有去大堡礁潛水，沒有在黃金海岸衝浪，沒有去雪山滑雪，沒有去烏魯魯騎駱駝看日出日落，沒有玩跳傘……我錯過了澳洲必去景點必玩清單嗎？是！不過我去澳洲本來就是為了找回自己，沒有尋找的路線，更沒有必做的清單，就談不上錯不錯過什麼了。那一年，我盡量融入當地人的生活，從日常生活碰到的人和事中內省。下車聽到乘客跟司機說謝謝令我知道凡事都要感恩，室友一星期不洗碗碟的習慣令我對生活態度有所覺悟……生活中最平凡的事也是最發人深省的。我看清了自己，也更有自己的想法。能在世上活著，是一種恩典。那該怎麼活著？於我而言，堅持走自己想走的路，懷著感恩的心善待每個人，快樂地過每一天。看似容易，卻不是那麼容易做到。到現在，我還在學習怎樣做人，怎樣活出生命的色彩。我不再只是被動地活著，而是更珍惜活著的時間，才能不愧對唯一一次活著的機會。人生不應該給一堆必做的清單綁死自己，生命的可能性很大，只是人最大的敵人就是自己。

重新認識自己後，我明白自己喜歡自由自在的生活，告別昔日朝九晚六的上班日子，轉向自由工作揮手。以前我會擔心做自由工作者沒有穩定的收入，難以維持生活。現在錢對我來說夠用就行了，能在有生之年享受做不同工作的樂趣，把「工作愉快」四個字在現實中演繹出來，似乎更有味道！我不介意工資的多少和入門的要求，只要時間能配合就去做，反正做得開心又有收入就好了。自從回來香港後，一直在不同的兼職市場打滾，就像把打工度假的生活模式搬到香港重演。有人會詫異為什麼堂堂一個大學生會做銷售員或派傳單，我卻敬業樂業地做好每一份工作。有些事情自己明白就好了，不需要解釋太多。每個選擇都有機會成本，有得必有失。做自由工作者失去了穩定的收入，卻得到自由的時間，我找不到放棄的理由。閒時與朋友登山，去想去的地方旅行，過無拘無束的生活。能控制生活的節奏，成為生活的主人，需要的不是本錢，而是對生活態度堅持的勇氣。

朋友紛紛問我：「回來後有什麼打算？」。我沒有一個很明確的想法，但是我問自己一個問題：如果還有二十年壽命，我會做什麼？就是環遊世界！我喜歡走遊牧民族的路線，背著背包周遊列國，了解異國的風土人情，聆聽每個旅途上的生命故事。有時候，旅行中的一幅風景、一句話語、一個朋友就是一段最美好的回憶，成為驅動人繼續出走探索的動力。世界太大了，我只是活在一個芝麻般小的城市，為什麼不趁還能走能跳的時候多出去走走呢？「路漫漫其修遠兮，吾將上下而求索」，夢想總是遙遠的，但是不代表不會成真。「千里之行始於足下」，只要踏出一小步，就可以成就將來的一大步了。

二〇一七年九月，「一元去哪兒」成立了，我正式成為一個旅遊網誌作者。用腳步丈量世界版圖，用文字記錄旅行故事，用心靈聆聽生命苦樂。我找回那遺失的夢想，帶著勇氣開始一個人的旅行。時間不等人，等待只是給自己的藉口。如果人生只需要把一件事情做好，我相信我的選擇是旅行。

三十歲，我選擇一切歸零，人生重新出發。我不會後悔當初毅然放下穩定的工作跑去澳洲打工度假，反而感謝自己能勇敢地走出舒適圈。我不會忘記自己帶了幾個問號上路，在澳洲放下了對金錢、工作、身份、能力的執著，脫掉自卑、懦弱、多慮、自怨自艾等負面情緒的枷鎖，最後裝滿一箱感歎號回來。年齡，不是阻礙活出自己的藉口。無論什麼年紀，人生都可以重新開始。我沒有贏在社會設定的起跑線上，卻在三十而立之年回顧那出走的一年，把那些人和事記錄下來，寫成此書。人生不是只有成功或失敗，當中應該有更多自我的探索和對生命的反思。生亦有時，死亦有時，你不是生命的主宰，但你可以編寫屬於你的人生。我在過去的歲月裡蹉跎過、迷失過、掙扎過，人生最後或許像蘇軾《定風波》裡的「也無風雨也無晴」，但是起碼我在年屆三十比別人多了一點點重新出發的勇氣，足矣。

也許十年後，翻看這本書，我會感謝自己曾經願意用一年的光陰，重新認識自己，並找到生命的價值和活出自己的勇氣。尋找自己的路還很漫長，而我的人生現在才正式開始。

一元贈言：

尋找自己就是痛苦的開始，但是痛苦過後才能慢慢回甘。

攝於塔斯曼尼亞里奇蒙橋（Richmond Bridge）。

後記

二〇一六年九月	開始寫書
二〇一六年十一月至十二月	到台中、台南寫書
二〇一七年六月	於香港完稿
二〇一九年七月至八月	到雲南昆明重寫並完稿
二〇二〇年六月至七月	於香港稍作修改
二〇二一年六月至九月	於香港重新編輯，完成最終稿

出書的想法始於離澳的最後幾天，寫於台灣、香港、雲南，成書於香港，可謂文字也旅行，要走遍兩岸三地才出世。如果要用一個成語來形容此書的誕生過程，我會用「死灰復燃」。

二〇一六年九月，打工度假結束回港後開始構思此書。想找個寧靜清幽的環境書寫，便在十一月去慢活的台灣打工換宿一個月。可惜慵懶安逸的生活吞沒寫書的動力，只好回港繼續寫作。九個月後大作已成，急不及待拿著洋洋灑灑的七萬字，遍尋出版社，希望盡快面世。其中一個編輯看完「巨著」後，劈頭一句：「我們不會幫你出版的！」死因是寫得不夠詳細。頓時，燃燒得正旺的心被一盆冷水撲滅了。本來想再作修改，把故事寫得細膩一點，心卻力有不逮。久而久之，便束之高閣。同年九月，旅遊網誌「一元去哪兒」誕生，把精力都投放在寫遊記上，書的稿件可謂長埋黃土了。直到二〇一九年五月，突然想起已經從澳洲回港三年，如果再不重寫，記憶會隨著日子的逝去而愈加褪色，以後就真的灰飛煙滅，想爬格子也爬不起來了。就這樣，死灰再次重燃。

二〇一九年七月，社會紛亂下收拾心情遠赴雲南昆明重寫全書。於一條遠離人煙的農村租了一間寓所，與世隔絕、閉門造車。雖然記憶已模糊，但是一邊寫，一邊拾回那一年的片段，找回那種差點被時間洗白的激情。一個月後，初稿誕生，卻因香港社會運動和自己長途背包旅行再度擱置出版。到二〇二一年六月，疫情肆虐下無法外遊，便下定決心完稿。每次修改就時光倒流回澳洲一次，重新經歷那段心路歷程，重新找回活出自己的勇氣。此書遲遲未完稿，也是源於對文字的一份執著。前前後後磨蹭了六年，幾經輾轉，終於得以面世，算是對得起當初對自己的承諾，更見出書的初衷不變。時間的長短不重要，我只在乎文字的力量。

此書是給自我成長一個紀錄，也希望我的經歷能引起讀者反思生命的價值，多一份為自己而活的勇氣，成為迷惘或失意時支撐的力量。這場離開，算是受到當年柬埔寨服務計劃的啟發，所以我將撥捐一半版稅予該慈善團體「開心樹社會服務」，以支持他們繼續幫助弱小、患病及貧困的一群。

書中除了細說澳洲打工度假的經歷外，也呈現一年跟自己生命的對話。我打著「尋找自己」的旗號來到澳洲，在不同層面接觸新事物、新人物、新挑戰，最終找到似曾相識卻又帶點陌生的自己。感謝打工度假遇到的每個人，豐富了我心靈攪拌的味道。多謝與我一起在農場流過汗、彎過腰、笑過聊過鬧過的背包客，在有限生命中創造了一段可一不可再的回憶。每個生命故事，都是成長的印記。人生可以有多少次機會在一個國家逗留一年呢？感謝自己那一年鼓起勇氣走出那一步。因為那一步，我不再一樣。

現在我是一個旅遊網誌作者，平常做兼職賺旅費，一直朝著環遊世界的夢想進發。我不知道可以走多遠，但起碼已經在走了，能走多遠就走多遠吧！人生就如白駒過隙，瞬間即逝，沒有人知道什麼時間面對死亡，而死亡也可以隨時降臨。做自己喜歡做的事，愛自己想愛的人，說自己想說的話，過自己想過的人生，活著就是要快樂。花時間反思自己的生命，認識自己，從而更愛自己，活出自己想要的人生。

「生命影響生命」是我一直很喜歡的一句話。我是一個普通人，沒有什麼豐功偉績，也沒試過大富大貴，在別人眼中可謂死不足惜。不過，我相信自己有存在價值，一言一語一投足，都可以用生命影響生命，讓人重新思考自己活著的意義。生命與生命之間很奇妙，這一刻不會馬上見真章，但是說不定在某年某月某個時間別人的生命就會因你而改變。寫書期間，有朋友認為此書沒有噱頭和吸引力，在市場上賣不了多少。那一刻，我的確有冒起放棄的念頭。後來，我問自己：「你寫這本書是為了賺錢嗎？」答案明顯不是。如果單純是為了賺錢，我當初就會迎合大眾的口味，而不是寫自己想寫的故事。在利益當前的社會，我是別人眼中愚蠢的那一個。不過，這個社會或者就是需要一些像我這麼愚蠢的人吧！

有人好奇為何隔了這麼多年還要出這本書，菜都涼了，味道都變質了。理由很簡單：如果不是去了澳洲打工度假，不會有現在的我！那一年，是我人生的轉捩點。經歷已成過去，但是我深信那封了塵的故事仍有它不朽的價值，也經得起時間的考驗。我想將來老了，看到這本書，就可以找回當初為自己而活的勇氣。如果我的一生只出版一本書，有了這本就無憾了！很多事情不是做給別人看的，只是給自己一個交代。連對一本書的堅持都做不到，那以後的路怎麼走呢？

離開一年，如曇花一現。本著一份踏出舒適圈的勇氣，在異地嚐遍甜酸苦辣，最終把我找回來，重新開展第二人生，活出生命的價值。我會把此書送給澳洲的朋友，感謝他們出現在我的生命裡。遇上他們，影響了我的生命。希望遇上這本書的人，也能找回自己，用自己的生命影響別人的生命。

最多漣漪的一頁

人，寫下生命中

離開，是為了找我回來

作　　者：一元

責任編輯：Weekend Editor Team

設　　計：仁棨

出　　版：夢企劃出版有限公司
電郵：Dreamplannereditor@gmail.com

承　　印：嘉昱有限公司
地址：九龍新蒲崗大有街 26-28 號天虹大廈 7 字樓

發　　行：一代匯集
地址：九龍旺角塘尾街 64 號龍駒企業大廈 10 樓 B&D 室
查詢：(852) 2783 8102

出版日期：2022 年 12 月初版

國際書碼：978-988-77827-1-1

Published and Printed in Hong Kong
香港製造